KB044009

절망의 끝에서 웃으며 살아간다

절망의 끝에서 웃으며 살아간다

초판 1쇄 발행 ㅣ 2017년 9월 1일

지은이 ㅣ 강은영
펴낸이 ㅣ 공상숙
펴낸곳 ㅣ 마음세상

주 소 ㅣ 경기도 파주시 한빛로 70 507-204

신고번호 ㅣ 제406-2011-000024호
신고일자 ㅣ 2011년 3월 7일

ISBN ㅣ 979-11-5636-126-8 (03810)

원고 투고 ㅣ maumsesang@nate.com

ⓒ강은영, 2017

* 값 13,000원

* 마음세상은 삶의 감동을 이끌어내는 진솔한 책을 발간하고 있습니다. 참신한 원고와 번뜩이는 아이디어가 있으시다면 망설이지 마시고 연락주세요.

국립중앙도서관 출판예정도서목록(CIP)

절망의 끝에서 웃으며 살아간다 / 지은이: 강은영. – 파주
: 마음세상, 2017
  p. ;   cm

ISBN 979-11-5636-126-8 03810 : ₩13000

수기(글)[手記]

818-KDC6
895.785-DDC23   CIP2017018929

절망의 끝에서 웃으며 살아간다

강은영 지음

마음세상

들어가는 글

돈이 많아야 행복할 거라고 생각했다. 많은 사람들이 행복의 조건을 물질적인 것에 초점을 맞춰 살고 있다. 돈은 행복하기 위한 수단일 뿐 목적이 되어서는 안 된다. 20~30대 시절에는 오로지 돈만을 목적으로 살았다. 어릴 때부터, 돈이 없으면 불행하다는 것을 보고 자랐기 때문이었다.

매일 돈, 돈 하는 엄마의 말을 듣고 자랐다. 돈이 있을 때는 웃고 없을 때는 우는 엄마의 등을 보며 나는 돈이 없으면 행복할 수 없는 줄만 알았다. 나는 현재 두 아이를 키우는 엄마다. 우리 아이들에게는 돈 부자로 사는 것보다 마음 부자로 사는 것을 알려주고 싶다.

어린 시절 부족한 것 없이 살았다. 그 흔한 아르바이트도 해 본 적이 없다. 오로지 엄마가 주는 돈으로 부족함 없이 어린 시절을 보냈다. 돈의 소중함을 몰랐고 경제관념 또한 없었다.

평생을 그렇게 살 수 있을 줄로만 알았다. 엄마가 주는 돈으로 갖고 싶은 것을 사고 먹고 싶은 것을 먹는 배부른 아이로 살 줄 알았다.

김미경 강사는 인생은 추와 같아서 잘 나가다가 못 나가고 돈이 있다가도 다시 없게 되고 건강하다가 아프기도 한다고 했다. 그러니 잘나간다고 잘난 척할 것도 없고 못 나간다고 너무 의기소침하지 말라고 했다.

"지금 현재는 다음 올 것의 반대 경험이다"라고 얘기하면서 자신을 추의 중심에 두어야 한다고 했다. 나의 삶의 위치를 우주에서 바라볼 수 있어야 한다는 얘기다.

강사의 말처럼 잘 먹고 잘 살다가 한순간에 망했다. 준비도 없이 불행이라는 놈을 만났다. 겁내지 말아야 했는데 겁이 났다. 어떻게 살아야 할지 철없는 스무 살에겐 버거운 인생이었다.

대학을 휴학하고 온갖 아르바이트를 닥치는 대로 했다. 갑자기 바뀐 삶이지만 정말 열심히 살았다. 가족과 함께 살 수만 있다면 무슨 일이라도 할 수 있었다. 돈을 모아서 단칸방에 네 식구가 살을 비비며 살았던 그 시절은 내가 살면서 제일 행복했던 시간이었다. 돈이 없어도 가족만 있다면 행복하다는 생각을 했다. 각자 자기 위치에서 다시 일어서기 위해 최선을 다했다. 한 번도 느끼지 못했던 가족애를 느끼며 하루하루 살아갔다.

또 다시 추가 내려가기 시작했다. 막노동현장에서 아버지의 머리에 철근이 떨어졌다. 엄마는 망연자실하셨다. 결국, 아버지는 뇌종양으로 돌아가셨다. 이 무서운 병이 왜 생겼는지 알 수가 없다. 아버지의 죽음은 엄마의 인생뿐 아니라 내 인생을 절망의 나락으로 떨어지게 했다. 엄마는 남편의 갑작스러운 죽음으로 우울증에 걸리셨고 화투에 손을 대셨다.

그 때부터 나의 방황은 시작되었다. 극단적인 생각도 했다. 엄마의 도박으로 다시 집은 빚더미에 앉았고, 나는 신용불량자가 됐다. 엄마를 떠나기로 결심했고, 나는 결혼을 선택했다. 결혼은 지옥에서 빠져나오기 위한 탈출구였다.

아무것도 없이 시작된 결혼 생활이었지만 엄마가 없어서 행복했다. 5년 동안 둘이 맞벌이해서 30대 초반에 마흔 평 아파트와 고급 승용차를 끌고 다녔다.

그러나 행복할 줄로만 알았던 결혼과 육아는 나에게 고통이었다. 아이를 낳고 산후풍과 산후 우울증으로 힘든 시간을 보냈다. 죽고만 싶었다. 내 인생은 좋아지려고 하면 다시 불행해지기를 반복했다. 산후풍이 고쳐지고 우울증이 없어질 때쯤 둘째가 생겨 연년생 엄마로 살아야 했다. 전투 육아는 물론이며 독박육아는 옵션이었다. 혼자 감당하기에 너무 힘든 연년생 육아는 두 아이가 어린이집을 가면서 끝이 났다. 그때부터 온전히 나만을 위한 시간이 생긴 것이 너무 행복했다. 배우지 못했다는 한 때문인지 문화 센터에서 닥치는 대로 배우기 시작했다. 지금 생각해 보면 그 때 나의 열정은 하늘을 찌르고도 남을 기세였다.

행복한 삶을 살 수 있게 되었다고 생각할 즈음이면 어김없이 불행이라는 놈이 슬금슬금 나를 찾아왔다. 둘째 아이가 세 살 되는 해 아이에게 뇌전증이라는 병이 생겼다. 하늘이 무너지는 고통이었다. 나는 난치병인 뇌전증과 싸워야 했다. 예전엔 이 병을 간질이라고 불렀다. 말만 들어도 무서운 병을 혼자 감당해야만 했다.

아이의 병을 고치기 위해 안 다녀본 병원이 없고 좋다고 하는 건 다 먹였다. 하지만 아이의 발작은 더 심해져갔다. 우울증이 왔고 매일 술을 마셨다. 맨 정신으로 하루를 버틸 힘이 없었다. 사랑하는 자식이 내 앞에서 눈이 돌아가고 사지가 꼬이며 거품을 무는 모습을 볼 수 있겠는가. 나는 환청과 환각 증상인 정신병까지 생겼다. 매일 밤 울면서 기도를 했지만 신은 나의 기도를 들어주시지 않았다. 그렇게 세상을 원망하며 삶을 포기하고 싶었다.

그렇게 삶을 포기하려고 할 때 〈내가 글을 쓰는 이유〉의 이은대 작가님의 책을 우연한 기회에 읽게 되었다. 읽는 내내 눈물을 흘렸다. 나와 닮았지만 다른 점은 아픔과 시련 속에서 글쓰기 하나로 불행을 희망으로 승화시켰다는 내용이었다. 글을 쓰면서 아픔을 토해내고 나면 자신을 만나게 될 거라고 했다. 무조건 쓰기 시작했다. 나의 과거와 현재의 아픔을 써 내려가기 시작했다. 나만의 글쓰기를 통해서 내 안의 아픈 아이를 만나 위로해주고 토닥여주었다.

"그동안 많이 외롭고 힘들었지?"

"널 챙겨주지 못해서 미안해."

"힘든 세상 잘 버텨주고 잘 살아줘서 고마워."

내면의 아이를 만나고 나서부터 마음 속 깊이 가라앉아 있었던 원망과 미움들이 사라지기 시작했다. 글을 쓰면서 아픔의 고름을 토해내고 나서야 나는 다시 웃을 수 있었다.

내가 이 책을 쓴 이유는 나와 같이 힘든 고통과 아픔이 있는 사람들에게 희망을 주고 싶어서이다. 다시 일어설 수 있다는 메시지를 주기 위해서다. 시련과 고통 속에서 허우적대지 않고 빨리 빠져나올 수 있는 나만의 이야기를 들려주고 싶었다. 절망의 끝에서도 웃을 수 있는 방법을 알려주고 싶었다. 뿐만 아니라 지금과 다른 삶을 살고 싶어 하는 사람들에게 꿈을 만날 수 있게 해주는 희망의 전도사가 되어주고 싶었다.

이 책은 지극히 평범한 엄마가 힘든 현실 속에서 꿈을 이루어 나가는 이야기이다. 내 책을 읽고 인생의 변화가 생기는 독자가 한 명이라도 있다면 나의 소명을 다한 것이라고 생각한다. 그 한 명이 당신이기를 바란다.

2017년 여름
강 은 영

제 1장
삶의 시작

나는 혼자였다

아침마다 아이들과의 등원 전쟁이 시작된다. 전쟁이 끝나고 나면 폭탄 맞은 집을 청소하기 시작한다. 청소를 다 하고 나서야 음악을 틀고 커피 한 잔을 탄다. 꽃샘추위가 지나가고 따뜻한 햇살이 베란다 창문을 두드린다. 나를 꼭 껴안아 주는 햇살에 눈이 저절로 감긴다. 나는 따뜻하고 생기 넘치는 봄을 좋아한다. 사전적 의미로는 계절의 하나일 뿐이지만, 인생에 비유하자면 희망찬 앞날이나 행운이기도 한 봄. 이런 이유로 난 봄을 좋아한다.

1979년 5월. 자연을 온전히 느낄 수 있는 따뜻한 계절인 봄에 태어났다. 경기도 광주에 작은 시골 마을에서 열아홉 살이 될 때까지 살았다. 세 살 많은 오빠가 있어서 남자 아이들이 함부로 놀리거나 때리지 못했다. 오히려 내가 여장부처럼 남자 아이들을 때리고 다녔다. 요즘 가족끼리 밥을 먹을 때면 엄마가 항상 말씀하신다. 한 놈은 매 맞고 오고 한 놈은 때리고 와서 너무 속상하셨다고. 때리고 온 놈이 바로 나다. 어릴 때부터 지는 것을 싫어했다. 자존심을 건드리

13

면 바로 주먹이 나갔다. 반에서 임원은 늘 내 차지였고, 나에게 시비 거는 아이조차 없었다. 몇 년 전에 밴드가 한창 유행한 적이 있었다. 우연히 초등학교 동창의 초대로 가입했다. 콧물 흘리고 머리에 이가 득실거렸던 시골 아이들을 25년 만의 밴드에서 만났다. 얼굴이 그대로 남아있는 아이들도 있었지만 전혀 알아볼 수 없는 친구들이 더 많았다. 친구들 기억 속의 나는 뚱뚱하고 힘센 여자아이였다. 자기들끼리 나를 '짱'이라고 생각했다고 한다. 나는 '짱'이라는 단어가 마음에 든다. 하지만 뚱뚱하고 힘센 짱은 썩 듣기 좋지만은 않다.

초등학교 3학년 때 우리 집은 연쇄점을 했다. 동네 슈퍼 정도라고 생각하면 되겠다. 마을 연쇄점은 경쟁이 치열했다. 부모님이 후보로 올랐다. 엄마의 꿈은 아마 연쇄점 당첨이었을지도 모른다. 연쇄점 당첨이 되던 날 엄마는 로또 당첨이 된 것처럼 기뻐하셨다. 그때 엄마는 연쇄점을 하게 돼서 돈을 많이 벌었다고 하셨다. 나는 돈 주고 과자나 아이스크림을 사 먹지 않아서 너무 좋았다. 손만 뻗으면 먹을 것이 넘쳐났다. 그렇게 부족한 것 없이 어린 시절을 보냈다.

요즘은 아이들이 4살 때부터 어린이집을 간다. 아파트 동마다 하나씩 있을 정도로 어린이집 경쟁도 치열하다. 유치원에 들어가는 것 또한 대학 들어가는 것보다 더 어려운 현실이 되었다.

나도 첫째 아이가 5살 되던 해 유치원 당첨 때문에 손발이 떨렸다. 아이 이름이 불릴 때 소리를 지르며 좋아했다. 로또 당첨되는 것만큼 힘들다는 유치원 당첨 때문에 부모가 회사에 휴가를 내고 오기도 한다. 내가 어릴 땐 유치원에 다니는 아이들이 많지 않았다. 시골 마을에서 좀 사는 집 아이들만 유치원에 다닐 수 있었다. 연쇄점을 하기 전까지 가난했기 때문에 난 작은 교회에 붙어 있는 유치원을 다녀야 했다. 지금처럼 부모가 유치원 때문에 휴가를 내고 아이를 위해 헌신하는 부모들은 없었다. 나조차도 유치원을 다니는 동안 엄마가 온 적이 없었다. 사진첩 어디에도 엄마는 없었다. 엄마가 오지 않아서 크게 상처받거나 울었던 기억도 없다. 초등학교 입학식 때도 나는 혼자였다. 선생님께서 입학하려면 서류가 필요하다고 하셨다. 그것이 없으면 입학할 수가 없다고 하셨다. 엄마는 의자 공장에 다니셔서 내가 입학하는지도 모르셨다. 여덟 살짜리가 엄마가 일하는 공장을 1시간 정도 걸어서 찾아갔던 기억이 난다. 그 험한 길을 혼자 걸어가 서류만 받고 다시 교무실에 갔다. 그렇게 초등학교도 혼자 입학했다.

태어난 날부터 엄마의 부재가 많았다. 보육교사 공부를 하면서 유년기 시절이 아이의 성격과 인성발달에 큰 영향을 미친다고 배웠다. 엄마의 사랑이 절실하게 필요했던 시기에 난 항상 혼자였다.

어릴 적 내 눈에 비친 엄마의 모습은 항상 바쁘고 무서운 엄마였다. 엄마의 등조차 나는 무서웠다.

엄마는 오빠와 내가 사소한 일로 다투는 날엔 항상 싸운다는 이유로 몽둥이를 드셨다. 울어도 소용없었고 떼를 쓰면 더 혼이 났다. 집에 가면 항상 엄마는 일을 나가시고 안 계시는 날이 많았다. 간식을 챙겨주거나 밥을 챙겨주는 엄마는 없었다. 배가 고파서 집에 먹을 것을 찾다가 라면 한 박스가 보였다. 오빠와 나는 라면을 다 부셔서 먹었다. 그것이 한 달 식량인지 몰랐다. 엄마가 일을 다녀오신 뒤 라면이 없어진 것을 보시고 화를 내셨다. 오빠와 난 산으로 전력 질주를 하며 뛰었다. 그때 내 나이가 여섯 살 정도 된 것 같다. 어린 마음에 잡히면 오늘 죽겠구나. 생각했던 기억이 아직도 생생하다. 달리다가 뒤돌아보고를 반복하다 신발이 벗겨졌다. 신발을 주우러 갔다가 목덜미가 잡혀 집으로 끌려와 빨랫방망이로 엉덩이를 맞은 기억이 난다. 오빠는 저녁이 돼서야 들어왔다. 엄마는 오빠를 때리지 않았다.

그 여섯 살 아이가 아직도 내 안에 있다. 엉덩이가 아파서 우는 아이가 아니라 사랑에 굶주린 배고픈 아이가 있다. 내가 잠든 후에 엄마가 내 엉덩이의 약을 발라주었는지는 알 수가 없다. 내가 나의 아이에게 했듯이 나의 머리를 쓰다듬으며 눈물을 흘리셨을 거라 믿고 싶다. 문을 걸어 잠그고 몽둥이를 든 엄마가 얼마나 무서웠을까. 자기만 맞은 아이가 얼마나 억울했을까. 내가 빨래도 아닌데 엄마는 왜 그렇게 때렸을까. 30년의 세월이 흘렀는데도 컬러 영상으로 내 기억에 남아있다. 나는 결혼을 하고 아이를 낳으면 절대 나의 엄마처럼 아이에게 키우지 않을 거라고 다짐했다.

명절이 되면 항상 이 이야기가 나온다. 엄마에게 빨랫방망이로 어쩜 그렇게 두들겨 팼냐고 물으면 엄마는 기억도 안 난다고 하신다. 원래 때린 사람보다 맞은 사람이 기억이 나는 법이다.

항상 강하기만 하셨던 엄마는 이제 할머니가 되셨다. 친정엄마가 왜 그렇게 악착같이 강하게 살아야 했는지 내가 엄마가 되어서야 알게 되었다. 아버지는 내가 네 살 때 사우디아라비아로 돈을 벌러 가셨다. 그래서 엄마 혼자 우리 남매를 키워야 했고 생계를 꾸려나가셔야 했다. 거기다가 장애를 가진 말 못 하시는 시어머니까지 모셔야 했다. 나는 지금 그때의 엄마보다 나이가 더 많다. 내가 엄마가 되어보니 얼마나 힘드셨을까 라는 생각이 들기 시작했다.

그 상황을 내가 겪었다면 엄마처럼 악착같이 버티며 살 수 있었을까. 남편도 없이 두 어린 아이를 키우고 말 못하는 장애인 시어머니 수발까지 했던 엄마를 엄마가 되고 나서야 이해되기 시작했다.

과거의 나의 상처를 글을 쓰면서 꺼내고 나니 지금까지 엄마에 대한 미움이 작아지고 있었다. 며칠 전 엄마에게 전화를 걸었다.

"엄마! 아빠가 사우디에 일하러 가셨을 때 내가 몇 살이었어?"

"너는 네 살이었고 오빠는 일곱 살이었지. 근데 갑자기 그건 왜 물어?"

"그냥. 갑자기 궁금해서. 엄마, 그때 힘들었지? 내가 엄마가 돼서 아이를 키워보니 엄마가 너무 힘들었다는 생각이 들더라고."

나도 모르게 울먹이며 말했다.

"그동안 나 엄마 너무 미워했거든."

"왜 미워했는데?"

"어릴 때 너무 때려서."

"엄마가 사는 게 너무 힘들어서 그랬어. 미안해."

미안하다는 말을 듣는 순간 눈물이 하염없이 쏟아졌다. 가슴속에 깊게 박혀 있던 돌덩이 하나가 빠져나가는 기분이 들었다. 그동안 왜 빨리 꺼내서 말하지 못했을까 후회스러웠다. 지금이라도 엄마를 이해할 수 있어서 다행이다.

장애 할머니는 나의 엄마

2010년 4월. 10년 동안 다니던 회사를 그만두고 새로운 도전을 하고 싶었다. 내가 좋아하는 일이 무엇인지를 생각하기보다 비전 있고 수입이 큰 직업을 찾고 있었다.

지금은 요양보호사가 되려면 시험을 봐야 하지만 내가 요양보호사 자격을 취득할 때에는 이론과 실습 시간을 채우기만 하면 됐다. 내가 요양보호사 학원에 다닌 것은 당뇨병이 있는 친정엄마와 나이 많으신 시어머니 때문이었다. 자격증만 있으면 가족을 돌보면서 돈까지 받을 수 있었다. 어차피 모실 생각이라면 돈도 받으면 좋겠다 싶었다. 요양보호사라는 직업이 삼십 대 초반인 나에게 어울리지 않았다. 이론수업을 할 때까지 나는 그런 생각을 했다. 이론은 재미없었다. 이론이 끝나고 실습을 하게 됐다. 모두 요양병원으로 실습 장소를 배정받았다. 요양병원을 가면 할아버지 할머니들이 침상에 누워만 계신다. 욕창에 걸려 고통스러워하시는 할머니를 보고 나는 그 자리에서 펑펑 울었다. 중환자실에 실습배정을 받았을 때 호수로 음식을 드시는 할아버지, 할머니들을 정성껏 간호했다. 아픈 부위도 소독해주고 치료도 해주었다. 가족도 아닌데 노인들의 대변과 소변을 모두 치웠다. 나를 지켜보는 간호사들과 실습생들은 나를 보고 놀라곤 했다. 코를 막고 구역질을 하는 다른 실습생들과 달랐기 때문이었다. 나는 내 앞에 죽음을 앞둔 아픈 노인들만 보였을 뿐 그 어떤 것도 보이지 않았다.

친한 지인들에게 실습한 경험들을 얘기해주면 자기들은 죽어도 못할 것 같다고 얘기했다. 그땐 그 일이 왜 그렇게 재미있었을까.

며칠 전에 친구들과 술을 마시고 집에 가기 위해 대리기사를 불렀다. 뒷좌석에 앉자마자 정신이 번쩍 들었다. 대리기사님이 아저씨가 아니라 할아버지가 오셨다. 시동도 잘 못 거시고 길도 잘 모르셨다. 난 뒤에서 기도했다. 내가 조금만 한눈을 팔면 할아버지는 길을 헤매셨다. 나는 손잡이를 꼭 붙들고 인간 내비게이션이 되어드렸다.

"조심! 조심! 조심! 빨간불! 멈추세요!"

하나하나 일일이 옆에서 얘기해드렸다. 인생이 시트콤 같다는 생각을 그때 잠깐 했었던 기억이 난다. 나는 그 순간 할아버지가 너무 안쓰럽다는 생각을 했다. 저 나이에 왜 대리기사를 할까 궁금했다. 연세를 물으니 74세라고 하셨다. 왜 대리기사를 하시냐고 했더니 노후대책을 하신다고 하셨다.

집에 다 올 때쯤 내가 너무 친절하고 착하다고 하시며 미안하다고 하셨다. 남자 손님이었으면 한 대 맞았을 거라고 하셨다. 그 말이 너무 짠하게 느껴졌다. 대리비가 만 오천 원이었는데 이만 원을 드렸다. 할아버지는 나에게 허리를 구부리시며 감사하다고 인사를 하셨다. 할아버지가 나에게 허리를 굽히며 감사하다고 하니 마음이 너무 불편했다.

　나는 할아버지, 할머니들을 보면 마음이 너무 짠하다. 그래서 술집이나 포장마차에서 껌을 팔거나 나물을 파는 노인분들이 오시면 나는 다 사드린다. 집에 와서 술이 깨서 보면 비닐봉지에 나물이 가득하다. 이렇게 내가 노인들을 보면 도와주고 싶고 짠한 마음이 드는 이유가 있다.

　나는 어릴 때 할머니 손에서 자랐다. 노인들을 보면 어릴 적 나의 할머니가 생각이 난다.

　아버지는 외국으로 돈을 벌기 위해 가셨고 엄마는 나를 할머니 손에 맡겨놓고 일을 가셨다. 나의 할머니는 장애인이셨다. 귀도 없으셔서 들을 수가 없었고 말도 못하는 벙어리 할머니셨다. 허리도 구부러진 꼬부랑 할머니셨지만 나는 세상에서 할머니를 가장 사랑했다.

　할머니와 집 앞을 나갈 때면 동네 아이들은 할머니를 피해 도망을 갔다. 무서운 괴물이라고 놀리기도 했다. 나는 한 번도 할머니를 부끄러워 한 적이 없었다. 초등학교 때부터 나는 엄마가 아닌 할머니와 잠도 함께 자고 놀기도 같이 놀았다. 나는 할머니와 대화를 할 수 있었다. 할머니는 나의 입 모양과 손짓을 보고 다 알아들으셨다. 할머니와 대화를 할 땐 손짓, 발짓을 하며 얘기를 해야 했다. 할머니는 말을 잘 못 하시지만 소리는 낼 수 있으셨다. 할머니에게 숫자도 알려주기도 하고 한글도 알려준 기억이 난다. 나는 할머니의 입 모양에 집중해야 했고 귀를 기울여야 했다.

　사람들이 나를 만나면 친해지고 싶어 하고 계속 만나고 싶어 한다. 힘든 일이 생기면 고민을 털어놓기도 한다. 나는 상대방의 이야기를 잘 듣고 호응을 잘해준다. 그 사람 말에 집중을 잘하는 편이다. 나의 이런 장점은 아마도 내가 어린 시절 장애 할머니와 지냈던 경험 때문인 것 같다는 생각이 들었다.

시골에서 살다 보니 내 이야기가 동네의 소문이 나기 시작했다. 초등학생이 장애인 할머니를 지극정성으로 돌본다고 소문이 났다. 그때 효녀상 후보에 올랐던 기억이 난다. 지금 생각하면 웃음이 난다.

할머니는 혼자서 할 수 있는 것이 거의 없으셨다. 목욕도 내가 다 시켜드려야 했고 기저귀도 갈아드려야 했다. 나는 그때 초등학교 5학년이었다. 엄마는 할머니한테 나를 맡겼다고 하지만 생각해보면 내가 할머니를 돌봐드렸다. 엄마의 부재로 인한 부족한 사랑을 할머니에게서 채울 수 있었다.

난 한 번도 투정을 부린 적이 없었다. 그냥 난 할머니가 너무 좋았다. 잠을 잘 때면 할머니 젖을 만지고 자야 잠을 잘 수 있었다. 아마도 나는 엄마의 사랑을 할머니에게서 느끼려고 했던 것 같다.

어린 시절 나에게 사랑을 주는 사람이 한 사람도 없었더라면 내가 지금처럼 따뜻한 사람으로 성장할 수 없었을 것이다.

최근 여자들의 사회 진출로 일하는 엄마들이 많아지면서 조부모에게 아이를 맡기고 있다. 할머니 엄마들이 많아지고 있다.

최근 과학이론에 따르면 할머니가 손자, 손녀들을 육아하는 것이 인성과 사회성에 더 좋다는 연구 결과가 나왔다. 할머니들이 손자, 손녀들을 정성껏 사랑으로 키울 수 있는 것은 내 자식의 자식이기 때문이다. 요즘 일하는 엄마들처럼 나의 엄마도 항상 일하느라 바쁘셨다. 학교에서 돌아오면 제일 먼저 할머니 밥을 차려드려야 했다. 내가 학교에서 돌아오기 전까지는 할머니는 집에 항상 혼자 계셨다. 나는 할머니가 친정엄마보다 사실은 더 좋았다. 나의 유년시절에 엄마는 바쁜 엄마였다. 할머니라도 있었으니 얼마나 다행인지 모른다.

나는 고등학교를 인문계로 갔다. 광주에서 성남까지 버스 두 번을 타고 다녀야 했다. 고3은 시간 싸움이라서 이동 시간을 줄여야 했다. 그래서 난 학교 앞에서 혼자 하숙을 했다. 공부에 집중하다 보니 할머니와 함께하는 시간이 점점 줄어들었다. 매일 하숙집. 도서관을 드나들며 고3 시절을 보냈다.

방학이 되면 등용문이라는 합숙 기숙사를 들어가 공부를 했다. 할머니를 보기 위해 시험 기간이 끝나기만을 기다렸다. 시험 기간이 끝나고 집으로 갔을 때 할머니는 나를 알아보지 못하셨다. 거울을 보고 웃기만 하셨다. 함께 하지 못한 시간 동안 할머니는 치매에 걸리셨다. 그때 할머니가 연세는 96세셨다. 나는 이 세상에서 제일 무서운 병이 치매라고 생각한다. 사랑하는 사람이 나를 알아보지 못할 때 그 아픔은 말로 표현을 할 수가 없다.

할머니가 치매에 걸린 날부터 엄마는 방문을 걸어 잠그셨다. 엄마는 일하셔야 했고 나는 학교에 가야 했다. 누구도 할머니를 돌봐줄 사람이 없었다. 그 당시 지금처럼 요양보호사 직업이 있었다면 얼마나 좋았을까. 그때 할머니를 많이 보살펴드리지 못한 것이 후회스럽다.

나의 할머니 엄마는 그렇게 치매에 걸리셔서 돌아가기 전까지 나를 알아보지 못하셨다. 할머니와의 추억은 나만 기억할 뿐이다.

할머니가 돌아가시는 날 비가 왔다. 하늘은 알고 있었는데 나만 모르고 있었다.

수업이 끝나고 버스 타고 집에 가기 싫어서 엄마한테 데리러 오라고 전화를 했다. 엄마는 그날따라 평소와 다르셨다. 그냥 버스 타고 오라는 말에 싫다고 짜증을 냈다. 성남에서 집까지 1시간 정도 걸리는데 엄마는 불안해하시며 운전을 하셨다. 집에 도착했을 때 이미 할머니는 세상을 떠나고 안 계셨다. 아버지만 임종을 보셨다. 나는 믿을 수가 없었다. 나는 울다가 기절을 하고 말았다. 부모가 돌아가시면 남겨진 자식의 마음이 어떤 건지 나는 어린 나이에 이미 한

번 겪었다. 나의 할머니 엄마의 죽음을 받아들일 수가 없었다. 나는 병풍 뒤에 흰 천으로 덮인 차가운 할머니 얼굴을 만지며 밤새 할머니를 부르며 울었다. 사람이 죽으면 얼마나 차가운지 얼마나 딱딱하게 굳는지 그때 알게 됐다.

나에게 엄마보다 더 큰 사랑을 주신 할머니가 돌아가시고 난 또 혼자 살아가야 했다.

할머니가 돌아가신 지 20년이 지났지만 아직도 나의 꿈에 나타나시는 할머니 엄마. 여전히 꿈속에서도 말씀이 없으시다. 나를 '언네' 라고 불렀던 할머니가 이 글을 쓰고 있는 지금 너무 보고 싶다.

추억이 없는 나의 학창시절

초등학교 6년. 여중 3년. 여고 3년을 다니면서 나는 기억에 남는 선생님이 없다. 이름도 기억나지 않는다. 초등학교 때 활발하고 밝았던 아이가 여자 중학교를 입학하면서 말수가 적은 아이로 변했다. 시골에 살았기 때문에 버스를 타고 학교에 가야 했다. 중학교 때부터 공부해야 한다는 중압감이 컸다. 어릴 때 나에게 관심도 없던 엄마는 오빠가 실업계 고등학교를 가면서 그 기대가 자연스럽게 나에게로 왔다.

나는 머리가 좋은 편은 아니었다. 조금만 응용해서 풀어야 하는 문제들은 너무 어려웠다. 하지만 암기 하나는 자신 있었다. 책 한 권을 다 외울 정도였다. 학교 중간고사는 전교에서 50등 안에 들었다. 내 생애 우등상장을 받아본 건 중학교 때 처음이자 마지막이었다. 우등상장을 받았을 때 엄마에게 전화를 걸었던 기억이 난다. "엄마! 나 우등상장 받았어!" "인문계고등학교 갈 수 있을 거

같아."라고 말한 기억이 난다.

개천에서 용 나듯 시골 촌년이 도시에 있는 인문계 고등학교에 입학했다. 성남에서 손가락에 꼽히는 명문 고등학교에 입학해서 도시 아이들과 경쟁을 해야 했다.

학창시절의 기억이 추억이 아니라 너무 힘들고 외로운 시간이었다. 고등학교는 중학교 때보다 공부를 몇 배로 더해야 했다. 학교. 도서관. 집을 3년 동안 매일 반복하며 죽어라 공부만 했다. 성적표가 나오는 날이면 항상 우울했고 죽고만 싶었다. 항상 엄마의 기대에 못 미치는 등수였다.

공부 잘하는 아이들만 모아나서 그런지 아무리 공부해도 등수는 꽁무니 등수였다. 시골학교에선 10등 안에는 들었을 점수였지만 여기에선 거의 꼴찌나 다름없었다.

내가 뭘 좋아하는지. 나의 꿈이 무엇인지 한 번도 생각해본 적이 없었다. 오로지 대학을 가는 것이 인생의 목표였다. 무조건 대학을 가야 한다는 엄마의 기대가 너무 컸다.

시험 기간이 되면 엄마는 내 등 뒤에 앉아계셨다. 밤새 공부를 하는지 안 하는지 지켜보고 계셨다.

졸기라도 하면 세수하고 오라고 하셨다. 엄마의 발소리만 들어도 책상에 엎드려 졸면서 공부하다가 벌떡 일어나 공부하는 척을 해야 했다. 그땐 한 번도 반항하지 않고 엄마의 말을 순순히 들었던 착한 딸이었다.

우리 엄마는 미신도 참 좋아했다. 대학 진학을 위해 엄마는 무당에게 돈도 많이 갖다 바쳤다. 가끔 내 속옷이 없어졌다. 아마 무당한테 가서 굿을 했거나 뭔가 기도를 했을 거라 생각된다. 항상 베개와 가방 속에는 항상 부적이 있었다. 엄마는 강시도 아닌 나에게 부적을 붙이셨다.

"엄마, 나 이런 거 가지고 다니기 싫어."

"이거 가지고 다녀야 좋은 대학에 갈 수 있어. 엄마가 시키는 대로 해."

"창피하단 말이야!"

"그럼 너 대학 안 갈 거야? 엄마는 너밖에 없는데 조용히 입 다물고 가지고 다녀."

이런 엄마의 지나친 행동들이 시간이 흘러 우리에게 큰 불행을 안겨줄 지 상상도 못했다.

1990년도 후반에 우리 집은 정말 잘 살았다. 부모님은 연쇄점을 하며 돈을 많이 버셨다. 단독주택을 짓고 차도 있었다. 항상 엄마의 지갑엔 현금이 두둑했다. 엄마는 내가 문제집을 산다고 돈을 2만 원만 달라고 하면 3만 원을 주셨다. 돈은 짝수로 주는 게 아니라고 하셨다. 그래서 난 항상 엄마한테 짝수로만 얘기했던 기억이 난다.

지금 가끔 고등학교 친구들을 만나면 나를 문제집 많은 아이로 기억한다. 정말 그랬다. 공부는 잘하지도 못하면서 문제집만 잔뜩 사는 아이였다. 과목마다 3개씩 사는 건 기본이었다. 엄마는 빚을 내서라도 공부를 시켜 주셨다. 그 당시 과외는 두세 개를 기본으로 했다. 방학이면 '등용문'이라는 학원을 들어갔다. 합숙하면서 스파르타식으로 공부를 시키는 곳이었다. 학원비가 100만 원이 넘는 학원이었다. 스파르타식으로 공부를 시킨다고 해서 유명했다. 나는 그곳이 지옥이었다. 한 달이라는 시간을 보낼 생각을 하니 미칠 것 같았다. 탈옥수가 감옥을 탈출하기 위해 계획을 짜듯이 나는 치밀하게 혼자 탈출하기 위해 며칠을 고민했다. 출입문을 지키는 사람이 잠시 자리를 비웠을 때 나는 도망쳤다. 잡히면 죽는다는 생각으로 앞만 보고 달렸다. 그곳은 산속 깊은 곳에 있었다.

깜깜한 밤에 그 길을 무작정 나는 뛰었다. 그때 긴장감은 이루 말할 수가 없다. 다행히 택시 한 대가 지나갔다.

"아저씨, 버스 터미널로 가주세요." 누가 쫓아온다고 빨리 가달라고 했다. 그 때 그런 순발력은 어디서 나왔던 것일까.

그 길로 친구의 집으로 갔다. 한 번도 엄마 말을 거슬렀던 적이 없던 내가 처음으로 반항을 한 날이었다. 그날 우리 집은 발칵 뒤집혔다. 딸이 없어졌다고 연락을 받았을 때 엄마는 얼마나 놀래셨을까.

아침이 되어 친구 집에 오신 엄마는 나를 붙잡고 우셨다. 그 사건은 처음이자 마지막이었던 나의 사춘기 반항으로 끝이 났다.

나는 대입 준비하느라 나의 적성을 찾고 진로를 결정할 생각도 하지 못했다. 무조건 대학만 가는 것이 목표였다. 수능시험이 있던 날 잠을 설쳤다. 내 인생의 처음으로 큰 시험이 있던 날이었다. 수능시험 날이 되면 유독 날씨가 춥다. 왜 그렇게 차갑게 느껴졌을까.

아마도 너무 긴장한 탓에 똑같은 늦가을 날씨도 쌀쌀하고 춥게 느껴진 것 같다.

수능시험이 끝나고 저녁때쯤 바로 점수를 확인할 수 있었다. 400점 만점에 반 이상을 맞았다. 평소 모의고사를 칠 때 반 이상 맞으면 서울 근처에 있는 대학을 갈 수 있었다. 다음 날 학교에 가서 친구들의 점수를 알고 난 뒤로 나는 입을 다물지 못했다. 반 평균이 300점이 넘었다. 수능시험이 너무 쉽게 나와서 다 잘 본 것이었다. 내 점수는 거의 꼴찌였다. 또 꼴찌였다. 고등학교 3년 동안 도서관에서 살고 하숙하며 공부는 왜 했을까.

공부가 내 길이 아니었음을 빨리 깨닫고 나의 재능을 빨리 찾았어야 했다.

기술을 배워서 취직하는 것이 더 나았을 뻔했다. 왜 그땐 다른 길이 있을 거란 생각을 하지 못했을까.

많은 수험생들이 나처럼 꿈도 적성도 찾을 시간도 없이 오로지 대학 입시 때문에 밤늦도록 공부만 하고 있다. 대학에 들어가지 않으면 인생의 낙오자가 되는 것처럼 수능점수로 인생을 평가하는 것이 대한민국 현실이다. 스스로 자신의 진로를 고민하고 선택할 수 있는 시스템과 교육이 부족하다. 고등학교 기간이 대입 준비하는 시기가 아니라 적성과 진로를 탐색하는 시간이 되어야 한다.

전문가들은 입시에 치우친 교육이 미래세대인 청소년들을 병들게 한다고 했다. 우리 사회의 대입 시스템이 바뀌지 않는 한 아이들의 미래를 보장받을 수 없다. 비슷한 실력이지만 작은 점수 차이로 원하는 대학을 가지 못하는 우리나라 교육방식이 바뀌어야 한다. 무턱대고 성적에 맞추어 지원하는 건 대학 진학 후에도 적응하지 못하고 후회하는 경우가 있다.

바로 나처럼 말이다.

점수에 맞는 대학을 찾기 위해 원서를 샀다. 대전 B 대학으로 정했다. 지방대라도 무조건 대학을 가야 했다. 대학교에 가서 과를 결정했다. 서로 자기 과로 오라고 홍보하기 바빴다. 아무 생각 없이 호텔 관광학과를 적었다가 경쟁률이 너무 써서 경쟁률이 약한 일본학과를 선택했다. 그렇게 생각 없는 판단과 선택으로 대학을 정하고 전공을 정했다. 대학이라는 문턱을 가기 위해서 말이다.

나처럼 사회적인 알람시계에 맞추어 살지 않아도 된다. 자기만의 알람시계로 살길 바란다. 내 길이 아니면 나처럼 주위의 강요로 살지 않기를 바란다. 내가 원하지 않는 길을 가게 되면 나처럼 부모만 원망하게 된다. 내가 결정을 하고 선택한 건 내 책임이지 부모책임은 아니다.

나는 엄마를 원망하며 살았다. 생각해 보면 엄마가 하라는 대로 꼭두각시처럼 살아온 나에게 문제가 있다. 꼭 고등학교를 졸업하고 대학을 가지 않아도 되는데 왜 그때 죽어라 대학 문턱까지 가려고 애를 썼는지 모르겠다. 사회적 알람에 우리 삶을 맞추며 살아가지 말았으면 좋겠다. 나와 내 운명이 허락되는 시간에 시작해도 된다. 이것을 깨닫기까지 시간이 오래 걸렸다.

꿈과 재능이 무엇인지 찾지도 못한 채 헛공부한 시간들을 후회해도 소용없다. 나의 학창시절이 행복한 추억 한 장 없이 지나갔지만 후회하지 않을 것이다.

지금 나는 내 옆에 있는 알람시계를 꺼둘 것이다.

나에게 대학은 놀이터였다

드라마를 잘 안 보는 내가 꼭 챙겨봤던 드라마가 있었다. '응답하라' 시리즈는 거의 본방 사수를 했다.

요즘은 과거를 추억하게 해주는 드라마들이 인기가 많아지고 있다. 스마트폰과 대중문화가 발달한 현대사회의 양면성이 아닐까 생각한다. 편리하게 사는 세상이지만 옛 추억에 젖어 복고풍의 음악을 듣거나 추억의 장소를 찾아가기도 한다. 지치고 힘든 사회 속에서 지친 사람들은 추억에 목말라 있다.

나 또한 목이 마를 때마다 '응답하라' 드라마를 보면서 추억의 앨범을 넘기기 시작했다.

지방에 내려와 대학을 다니게 될 줄은 꿈에도 상상을 못했다. 대전에 이모가 살고 있었기 때문에 하숙집을 알아봐 주시는 데 도움을 주셨다.

1998년 그 당시 '남자 셋 여자 셋'이라는 청춘 시트콤이 인기가 있었다. 청춘

남녀의 대학 생활을 재밌게 그린 시트콤이었다. 시트콤을 보면서 캠퍼스에 대한 환상과 하숙의 로망을 가지고 있었다. 하숙집 아줌마의 넉넉한 인심과 하숙 친구들과의 추억은 나의 대학 생활을 더 재밌게 해주었다. 입시 공부에 시달리고 공부밖에 모르던 나에게 대학은 신세계였다. 고등학교 다닐 때 친구들이 남자친구 사진을 보여주면 그 친구를 멀리한 기억이 난다. 학생이 공부는 안 하고 남자친구를 사귈 수 있는지 이해되지 않았다. 술도 가끔 먹는 친구들을 보면 더 충격이었다. 그만큼 나는 아무것도 해본 적도 없는 순둥이 시골 소녀였다.

늦바람이 무섭다는 말이 있다. 멋진 대학 선배들, 동아리, 대학 축제, 대학 친구들과의 음주가무들이 나를 미치게 했다. 그때부터 머리를 염색하고 파마를 하기 시작했다. 그때 당시 서클렌즈가 유행이었다. 옷을 매일 바꿔 입듯이 나의 눈알은 매일 바뀌었다. 한순간의 순수한 시골 소녀가 껌 씹는 언니 모양새를 하며 캠퍼스를 활보했다.

술을 먹어보지 못한 내가 술을 먹기 시작했다. 지금 그때처럼 술을 마시면 죽을 수도 있다. 철없던 그 시절 친구들과 누가 술 잘 먹나 내기도 하고 분 단위로 시간을 재가며 술을 마셨던 기억이 난다. 매일 술 먹고 그다음 날 뻗어 수업도 못 들어가기 일쑤였다. 대학교까지 와서 공부하기 싫었다.

단체 미팅이 있는 날이었다. 내 생애 처음 남자들과의 만남이었다. 독일어학과 남자들과 미팅이 이었다. 서로 마주 앉아서 자신이 마음에 드는 사람에게 눈빛 총알을 날리기 바빴다.

서로 소지품을 내놓고 파트너를 정하는 방법은 구식이라 생각했다. 우리는 서로 직접 손가락을 가리키며 "나, 너 마음에 들어" 이런 식으로 파트너를 정했다. 내 친구 중에 날씬하고 얼굴 작은 긴 생머리의 친구가 있었다. 왜 남자들은 긴 생머리 여자들을 좋아하는 걸까? 난 짧은 단발인데 말이다.

손가락 선택은 긴 생머리인 내 친구가 거의 받았다. 그렇게 첫 미팅의 기억은 그다지 좋지 않았다. 나는 머리를 기를 때까지 다신 미팅하지 않겠다고 마음먹었다.

나는 내가 끼가 있는 사람인 줄 몰랐다. 학창시절에 공부밖에 모르고 엄마의 말의 순종적이었던 내가 좋아하는 건 없을 거라고 생각했다. 캠퍼스를 지나가다 우연히 춤 동아리에서 나오는 음악에 끌려 그곳을 기웃거렸다. 90년대 후반엔 HOT. 젝스키스. SES. 김현정. 박진영 노래들이 인기가 많았다. 힙합 노래. 힙합 춤들이 유행을 했었다. 춤 동아리 창문으로 선배들이 춤추는 모습에 눈을 뗄 수가 없었다. 동아리에 들어가고 싶었다. 그런데 오디션을 봐야 했다. 선배들 앞에서 춤을 춰야 했는데 나는 한 번도 춤이라는 걸 춰 본 적이 없었다. 동아리에 들어가기 위해 눈 딱 감고 춤을 추었다. 막춤으로 선배들을 한번 웃겨준 것이 합격할 줄 정말 몰랐다.

그때부터 나의 복장은 힙합 스타일로 바뀌기 시작했다. 점점 대학교는 나의 놀이터가 되기 시작했다.

우리 집은 그때 당시 정육점을 했다. 지방대학이지만 대학에 들어간 딸에게 엄마는 금전적인 지원을 아끼지 않으셨다. 대학에 들어간 딸이 대학 생활을 잘하고 있을 거라 생각하셨지만 난 춤 동아리에 빠져 공부는 뒷전이었고 매일 친구들과 술을 마시며 놀았다.

항상 집에 갈 때마다 멀리서 나를 기다리는 분이 계셨다. 바로 우리 아버지셨다.

아버지는 항상 "우리 딸!" 하며 동네 떠나가라 나를 부르며 안아주셨다. 품에 있던 자식이 독립해서 오랜만의 집에 오니 얼마나 반가우셨을까. 엄마는 나를 보자마자 집에 성적표가 왔다고 하셨다. 정말 다행인 건 초등학교도 못 나오신 우리 부모님은 알파벳을 모르셨다. F로 거의 도배를 한 내 성적표를 보시고 엄마는 이게 뭐냐고 물으셨다. 그동안 점수와 등수만으로 성적표를 보시던 분이 알파벳 성적표를 보니 알 수가 없으셨다. 빠르게 머리를 굴려 F가 젤 좋은 거라고 했다. 딸을 항상 믿었던 부모님은 그 소리에 기분 좋아하셨다. 학사경고를 받은 딸에게 잘했다고 해주는 부모님은 나밖에 없을 것이다. 순간을 잘 넘기고 일요일엔 다시 대전을 내려가야 했다. 친구들과 선배들을 좋아했던 나는 항상 가방에 고기를 몇 덩이씩 가져갔다. 고속버스를 타고 대전 하숙집을 가는 동안 고기가 녹아서 핏물이 뚝뚝 떨어져 난감한 적도 있었다. 항상 퍼주기 좋아하고 사람을 좋아했던 나는 주말만 되면 친구들과 고기 파티를 했다. 내가 살면서 추억에 빠지는 시간은 대학 시절이다. 19년이 지난 지금도 그때가 많이 그립다.

나의 대학 시절의 또 하나의 추억은 삐삐였다. 지금은 스마트폰이 대중화되면서 삐삐는 사라진 지 오래이다. 추억의 주황색 공중전화부스도 찾아보기 힘들다.

미래창조 과학부는 2020년까지 전국 7만 대의 공중전화를 3~4만대로 줄인 것이라고 예상했다. 점점 공중전화부스를 찾아볼 수가 없다. 스마트폰이 없는 그 시절 삐삐는 가슴 벅찬 설렘과 추억을 안겨주었다.

"호출은 1번 음성녹음은 2번입니다."

주머니에서 미세한 진동이나 삐삐소리는 친구와 연인을 기다리는 설렘의 소리였다. 부리나케 공중전화부스로 달려가 음성 메시지를 확인하고 반복해서 들었던 그 시절이 그립다.

1998년 대학 시절 나도 친구들과 헤어질 때 "집에 가서 삐삐쳐." 이 말이 헤어짐의 인사였다. 01번은 라면집으로 오기. 02번은 술집으로 오기. 03은 하숙집으로 오기 등. 숫자로 친구들과 그 장소에서 만났다. 지금은 스마트폰으로 전화를 걸거나 문자로 빠르게 연락을 주고받는다. 그 시절은 우리가 설레었던 추억이 되어버렸다. 연인이 생겼을 때 0404는 '영원한 사랑'이고 5804는 '오빠 사랑해'이다. 대학 생활 추억은 삐삐의 추억으로 가득하다. 그때 가슴 떨리는 마음으로 공중전화박스에 줄을 서서 음성을 들었던 그때가 그립다.

나의 놀이터였던 천국 같은 대학교는 그렇게 오래 다닐 수 없었다. 대학교 1학년 1학기만 다녔다. 부모님이 금전적으로 힘들어하시는지 나는 몰랐다. 항상 우리는 잘 먹고 잘 살줄 알았다. 부족한 것 없이 살다 보니 아까운 것도 모르고 살았다.

주말이 돼서 집에 가게 됐다. 다른 때와 다른 분위기였다. 항상 골목 저편에서 나를 부르는 아버지도 계시지 않았다. 분위기가 심상치 않았다. 방안에는 아버지가 링거를 맞고 계셨다. 나는 무슨 일이냐고 물어 볼 수가 없었다. 다시 학교에 가기 위해 전날 밤 짐을 챙기고 화장실에 씻으러 들어갔다.

갑자기 아버지가 들어오셨다.

"은영아, 미안하다."

"뭐가 미안해요?"

"더 이상 공부를 시켜 줄 수 없을 것 같다. 미안해."라고 말씀하시며 우셨다. 나는 태어나서 아버지의 눈물을 두 번 봤다. 할머니가 돌아가실 때 한번 보았고 그날 화장실 거울 앞에서 나에게 미안하다며 우시는 모습을 보았다.

"아버지 괜찮아요. 저 어차피 학교 다니기 너무 싫었어요."

"울지 마세요. 아버지."

사실 난 학교를 너무 다니고 싶었다. 아버지는 나에게 공부를 시켜주는 못해서 미안해하셨다. 이럴 줄 알았으면 놀지 말고 열심히 공부할 걸 후회스러웠다. 왜 갑자기 잘 살던 우리 집이 이렇게 한순간에 무너졌는지 그땐 알지 못했다. 바로 학교에 가서 자퇴서를 냈다. 친구들과 하숙방에서 끌어안고 평평 울었다. 4년을 함께 하지 못해서 미안했다. 다시 못 볼 생각을 하니 너무나 가슴이 아팠다.

그렇게 나의 의지와 상관없이 3개월의 행복했던 대학 생활을 추억으로 간직한 채 다시 시골 소녀로 돌아가야 했다.

제 2 장
나에게 고난은 어떤 의미인가

망한 우리 집 그리고 야반도주

아침에 아이들을 등원시키고 집 청소를 한 뒤 TV 채널을 여기저기 돌린다. 홈쇼핑 채널이 채널 반을 차지한다. 나는 구매와 반품이 쉽고 빠르기 때문에 온라인으로 쇼핑하는 것을 좋아한다. 호스트들의 카운트다운이 들어가면 나도 모르게 초조해진다. 결국 필요 없는 물건들을 사들이곤 한다.

이런 내 모습을 보면 나도 귀가 얇다는 생각이 든다. 누가 어떤 물건이 좋다고 하면 아무 생각 없이 사들인다. 이런 내 모습을 볼 때면 친정엄마와 많이 닮은 것 같다. 손이 크고 귀가 얇은 건 딱 엄마를 닮았다.

어릴 적 우리 집 경제력은 엄마가 쥐고 있었다. 아버지는 경제적인 능력이 없으셔서 엄마가 모든 일을 결정하셨다. 엄마가 하는 일에 아버지는 전혀 간섭하지 않으셨다. 엄마는 귀가 얇으셔서 남들이 좋다고 하는 사업이 있으면 고민하지 않고 시작하셨다. 초등학교 때부터 우리 집은 줄곧 먹는 장사를 했다. 부모님은 연쇄점, 정육점, 치킨집 등을 하시며 돈을 많이 버셨다. 두 분 다 물려받은 재산 없이 자수성가하셨다. 부모님은 어린 시절 배우지 못하고 어렵게 자라셨다. 자신들의 배고픔을 자식에게 물려주고 싶지 않으셨다. 덕분에 나는 고생이라는 것도 모르고 공주처럼 유년시절을 보냈다.

〈추락하는 이카로스가 있는 풍경〉의 소재가 되는 이카로스 신화에서 이카로스는 건축가이자 조각가인 다이달로스의 아들이다. 아버지와 크레타 섬으로 갔다가 크레타의 왕에게 잡혀 갇히게 된다. 이들은 탈출하기 위해서 밀랍을 이용해 날개 두 쌍을 만들게 된다. 아버지인 다이달로스는 아들에게 하늘을 날 때 땅 가까이에도 가지 말고 태양 가까이도 가지 않도록 당부했다. 이카로스는 아버지의 말을 잊어버리고 태양 가까이 높이 날아오르다가 뜨거운 열에 녹아 바다에 추락하여 죽었다. 아카루스는 욕심으로인 해 힘겹게 올라갔던 기쁨의 순간이 한순간의 추락하고 말았다. 사람도 마찬가지로 어느 정도 돈을 벌고 안정된 삶을 살고 있을 때 만족하며 살아야 한다. 돈은 가지면 가질수록 더 갖고 싶어지는 것이 인간의 욕망이다.

엄마는 금전 문제가 생길 때마다 점집을 찾아가 무당에게 의논하시곤 했다. 절대적 믿음을 가지고 있었다. 내가 대학을 들어가기 위해 부적을 썼던 일은 일도 아니다. 돈을 지금보다 어떻게 하면 더 벌 수 있을지 점집을 찾아가 물어보시곤 했다.

1997년 11월 우리나라는 한국 외환위기인 IMF(국제 통화기금) 있었다. 한국 전쟁 이후로 최대 위기였다. 은행에서 돈을 빌려 갚지 못하자 부도난 회사들이 많았고 이로 인해 실업자들이 많이 생겼다. 이런 상황에 엄마는 은행에서 돈을 빌려 땅을 사고 빌라를 지으셨다. 원룸 사업을 하면 대박 난다는 무당의 말에 귀가 얇아져 경험도 없이 무턱대고 일을 벌이셨다. 은행에서 돈을 빌리고 마을 사람들에게 돈을 빌려서 결국 원룸 사업을 시작하셨다.

불 보듯 뻔 하듯 실패했다. 얼마 안 가서 완전히 쫄딱 망했다. 빚은 산더미처
럼 불어났다. 드라마에서나 볼 수 있었던 빨간 딱지가 집 여기저기 붙여졌다.
빚쟁이들이 하루가 멀다고 찾아왔다. 철없는 나는 그 상황을 심각하게 생각하
지 않았다. 마을에서 신뢰 하나로 살아오신 부모님이 동네 사람들에게 욕을 먹
고 계셨다. 아버지는 쓰러지셨고 엄마는 어떻게든 일어나보려고 했지만 방법
이 없었다. 사람들에게 매일같이 시달리시는 아버지를 보면서 남편이 죽을 수
있을 거라고 생각하셨다. 우연히 방안에서 부모님이 하시는 말씀을 듣게 되었
다.

"여보, 우리 이 동네에서 살다간 피가 말라 죽을 수 있을 것 같아요. 다 버리
고 도망갑시다!"

부도의 끝은 야반도주라더니 우리는 드라마를 찍어야 했다. 그날을 아주 생
생하게 기억한다. 엄마는 야반도주의 계획을 짜셨다. 밤에 가족이 모두 없어지
면 사람들이 의심한다고 하셨다. 부모님은 밤에 부산으로 가신다고 하셨고 다
음 날 낮에 오빠와 버스를 타고 대전 이모네로 가라고 하셨다. 그 와중에 엄마
는 집에 있는 물건을 두고 가는 것이 너무 아까우셨는지 챙기기 바쁘셨다. 같
이 야반도주를 도모해주신 엄마 친구분이 함께 계셨다. 엄마는 장독대까지 가
져가려고 했다.

"너는 이 와중에 장독대 가져갈 생각을 하니? 너도 참 대단하다!" 엄마 친구
가 하시는 말씀이 아직도 기억이 난다. 그와중에 장독대를 챙기려고 하다니 우
리 엄마지만 대단하다는 생각을 했다. 나는 그때까지 심각성을 느끼지 못했다.
마냥 드라마 주인공이 된 것처럼 철없이 웃기만 했다.

그렇게 부모님은 우리 남매를 두고 부산으로 간다는 말만 하시고 떠나셨다.

오빠와 나는 다음 날 아무 일 없다는 듯이 동네를 빠져나왔다. 채소가게 아주머니께서 부모님은 어디 가셨냐고 물어보셔서 뒤도 돌아보지 않고 무작정 버스 정류장으로 뛰었다. 영화를 찍는 기분이었다.

버스를 타고 대전이모네로 갔지만 이모도 생활이 그다지 녹록치 않으셨다. 이모도 시댁 식구들에게 얹혀살고 있었다. 오빠는 부담스럽다며 혼자 서울로 올라갔다. 서울에서 일을 배우고 돈을 벌겠다며 가버렸다. 나만 혼자 또 남겨졌다. 태어나서 아르바이트를 한 번도 해본 적이 없었다. 온실 속 화초처럼 자라온 내가 가족도 없이 어떻게 살아가야 할지 막막했다. 가족의 연락도 끊긴 상태였다. 어느 날 이모에게 부모님의 소식을 물어보았다.

"이모! 엄마, 아버지 소식은 아직도 없어? 엄마는 언제 오신대?"

"이모도 잘 몰라. 자리 잡히면 연락 준다고 했는데 연락이 없으시네."

이모의 말을 듣고 펑펑 울었던 기억이 난다.

오빠는 서울에서 정육점에 취직을 했다. 기술을 배우며 일을 했고 가끔 쉬는 날이면 이모네 집에 와서 나에게 용돈을 주고 갔다.

"오빠가 돈 벌어서 학교 다시 보내줄게. 은영아. 조금만 참고 기다리자."

철없이 사고만 치고 다녔던 오빠가 이날은 아버지처럼 느껴졌다.

다시 학교를 다닐 수 있다는 희망을 가지고 나는 부모님과 오빠를 기다리고 또 기다렸다.

이모도 시댁 식구들과 함께 살아서 나 때문에 눈치를 보는 것 같았다. 그 당시 시댁 어른들이 주유소를 경영하셨다. 나는 그곳에서 아르바이트를 시작했다. 하루 종일 서서 기름을 넣고 세차를 하며 돈을 벌었다. 경유차에 휘발유 기름을 넣는 실수를 하는 날이면 이모가 대신 허리를 숙이며 사과를 하셨다.

주유소에서 한 달에 40만 원 정도 벌어서 나는 저축을 했다. 부모님과 함께 하루라도 빨리 살고 싶었다. 설렁탕 집에서도 일하며 돈을 벌었다. 뚝배기를 손님한테 엎은 적도 있었다. 뜨거운 밥을 맨손으로 만져서 손의 지문이 없어질 정도였다. 부모님과 다시 만날 수만 있다면 어떤 힘든 일도 참을 수가 있었다. 하루종일 일을 하고 번 돈을 쓰지 않고 돈을 모았다. 돈이 있으면 흥청망청 쓰고 다녔던 내가 태어나서 처음으로 저축했다. 밤낮으로 쉬는 날 없이 일을 했다. 매일 지치고 피곤해서 울면서 자는 날들이 많았다. 너무나 외롭고 힘이 들었지만 참고 견뎌냈다.

몇 달 지나자 부모님에게 연락이 왔다. 대전 고속버스 터미널에 오셨다고 하셨다. 이모와 나는 고속버스 터미널로 갔다. 그날 부모님의 모습을 잊을 수가 없다. 아버지는 뼈만 남으셨고 안 본 사이 많이 늙으셨다. 그동안 부산에서 어떻게 사셨을까. 돈도 없이 얼마나 힘이 드셨을까. 한순간의 바닥으로 추락하신 부모님이 너무 불쌍하고 안쓰러웠다.

우리는 이제 다시는 떨어져 살지 말자고 서로 부둥켜안고 울었다. 힘들어도 함께 하자고 했다. 가족을 다시 만날 수 있어서 행복했고 힘이 났다.

가족은 중요한 게 아니라 모든 것이다.
_마이클J.폭스

돈 걱정 없이 살 때는 가족의 소중함을 모르고 살았다. 모든 것을 잃고 나서야 가족이 나에게 얼마나 소중한 존재인지 깨닫게 되었다. 가난하게 살아도 행복할 수 있었던 건 가족이 있어서였다. 내 인생의 모든 것은 오로지 가족이었다.

단칸방의 추억

찬바람이 불면 길거리에 호떡이 자연스럽게 생각이 난다. 주말에 아이들과 도서관을 가는 길에 호떡 파는 마차가 있었다. 아이가 먹고 싶다고 해서 줄을 서서 기다렸다. 찹쌀 반죽이 설탕을 품에 감싸고 지글지글 기름 위에 올려졌다. 노릇하게 구워지는 호떡을 보고 있으니 나도 모르게 옛 생각에 빠지게 되었다.

유난히도 추웠던 겨울. 돈 한 푼 없었던 우리 가족에게 이모는 유일한 희망이었다. 고향을 떠나 타지 생활에 익숙하지 않은 부모님에게 든든한 지원군이었다. 이모는 자신의 비상금을 털어서 호떡 가게라도 할 수 있게 돈을 주셨다. 장사라면 자신 있었던 부모님에게 다시 일어설 수 있다는 희망이 되었다.

장사 같은 사업을 시작할 때는 시장조사가 필요하고 위치도 중요하다. 불타는 의지만 가지고 덤벼들어서는 절대 안 된다. 부모님의 의지와는 다르게 호떡집에는 불이 나지 않았다.

또다시 돈은 돈대로 날리고 먹고 살기는 더 힘들어졌다. 그대로 주저앉을 수가 없었다. 내가 그동안 주유소에서 기름을 넣고 세차를 해서 번 돈으로 다시 새로운 장사를 하기로 했다. 또 한 번 힘을 내보기로 했다. 이번엔 시장 안에 작은 가게를 얻어 만두장사를 했다. 부모님은 고향에서도 만두장사를 해봐서 이번엔 성공할 수 있다고 자신만만하셨다.

지역성이 있어서일까? 대전 사람들은 만두를 안 좋아하는 걸까? 가게 위치가 안 좋았던 걸까? 손님은 파리 손님뿐이었다.

가게 앞에 횟집은 자리가 없을 정도로 장사가 잘됐다. 횟집 사장님이 자릿값을 줄 테니 가게를 빌려달라고 하셨다. 아쉬운 사람이 고개를 숙인다고 부모님은 자존심을 버리시고 자리를 내주기까지 했다. 부모님은 고마워하기까지 하셨다. 돈 만 원이라도 벌 수 있다면 자존심은 중요하지 않으셨다.

앉아서 하루 종일 손님이 오기만을 기다리는 부모님을 보고 있자니 안 되겠다 싶었다. 나는 혼자서 시장을 돌아다니며 전단지를 돌리기 시작했다. 나는 얼굴의 철판을 깔고 시장 사람들에게 홍보를 하기 시작했다. 전단지 덕분인지 조금씩 시장 사람들이 백반을 주문하기 시작했다. 쟁반의 음식들을 두세 칸 쌓아 머리에 이고 배달을 했다. 그렇게 나는 우리 가족을 위해서 최선을 다해 일했다. 하지만 다시 일어서지 못하고 파리 손님으로 가득 찼다.

다윗왕의 반지 이야기를 나는 좋아한다. 어느 날 다윗왕은 반지를 가지고 싶어 반지 세공사를 불렀다.

"내가 승리를 거둘 때 너무 기뻐 교만하지 않게 하고 절망에 빠지거나 시련에 처해 있을 때 용기를 줄 수 있는 글귀를 넣어서 만들어라"라고 명령을 했다.

세공사는 아무리 고민해서 좋은 글귀가 생각이 나지 않자 다윗왕의 아들인 솔로몬을 찾아갔다.

"지혜의 왕 솔로몬이시여. 다윗 왕을 위해 어떤 글귀를 적으면 좋겠습니까?"

라고 물으니 솔로몬왕은 세공사에게 말하였다.

"이 또한 지나가리라."

아무리 힘든 시련이 닥쳐도 시간이 지나면 다 지나갈 거라 믿었다. 신은 내가 감당할 수 있을 만큼의 고통만 주신다고 믿었다. 온실 속 화초같이 살았던 내가 가족을 위해서 할 수 있는 건 돈을 벌어 주는 일이었다. 친구들은 학교에 다니며 자신의 꿈에 대해 고민하고 있을 때 나는 어떻게 하면 돈을 벌 수 있을까 고민하고 있었다.

한 번도 힘들어하거나 좌절하지 않았다. 가족이 내 곁에만 있어 준다면 나는 견뎌 낼 수 있었다.

내가 힘들 때마다 나를 안아주시던 아버지가 있었기에 가능했다. 내가 열심히 살아야 하는 이유는 아버지 때문이었다. 아버지는 엄마의 실수로 집이 망했지만 한 번도 엄마를 원망하지 않으셨다. 오히려 자신의 무능력함을 미안해하셨다. 자신을 버리고 혹시나 도망갈까 봐 오히려 걱정하셨다.

아버지는 능력은 없으셨지만 따뜻하고 사랑이 많으신 분이셨다.

우리는 어떤 장사를 시작하기만 하면 모두 실패를 했다. 있는 돈까지 다 까먹고 나서야 다시는 장사에 손대지 않기로 했다. 나는 다시 이모네 주유소에서 기름을 넣고 매일 세차 백 대 이상을 닦았다. 저녁엔 설렁탕 집에서 서빙을 했다. 나는 어떤 상황이 닥치고 힘이 들어도 가족이 있었기 때문에 최선을 다해 일했다.

가끔 친구들이 보고 싶어 일을 끝내고 학교 앞에 갔다. 손에 물 한번 묻히지 않았던 내 고운 손에 지문이 없어지고 손톱 사이엔 검은 기름때가 껴 있는 것을 친구들이 보게 됐다. 친구들은 내 손을 만지며 펑펑 울었다. 학교 다닐 때 돈 펑펑 쓰며 친구들에게 항상 당당했던 내 모습은 어디에도 없었다.

친구들은 서로 교수 이야기와 레포트 이야기를 했다. 나는 대화에 낄 수가 없었다. 그때 처음으로 내 상황을 원망했다. 초라한 내 모습이 창피해서 다시는 친구들을 만나러 오지 않겠다고 다짐했다.

매일 똑같은 일상들에 지칠 때쯤 친구에게 전화가 왔다.

"은영아, 너 회사에서 일해볼래? 외국인 회사래."

한 치의 고민도 없이 나는 무조건 하겠다고 했다. 주유소에서 기름을 넣고 세차하는 일보다 쉽겠지 생각했다. 그때 내 나이는 스물한 살이었다.

회사에 면접을 보는 날이었다. 그날 나를 태우러 온 분들이 용역업체인지 몰랐다. 회사라고 해서 나는 사무실에서 일하게 될 거라 생각했다. 이제 더 이상 몸으로 하는 일은 하고 싶지 않았다. 회사에 들어가면 편하게 일을 하고 돈을 벌 수 있을 거라고 생각했다. 부푼 기대를 안고 회사에 도착했는데 뭔가 이상했다.

사람들이 똑같은 색깔에 옷과 모자를 쓰고 있었고 회사 안은 기계 소리로 시끄러웠다. '여긴 도대체 어디지?' 라고 생각하며 소개해준 분을 따라 면접을 보는 방으로 들어갔다. 키가 작고 뚱뚱한 분이 서서 나를 보고 웃고 계셨다. 나를 보고 위아래를 훑어보시며 손가락을 구부렸다 폈다를 빨리해보라고 하셨다. 나는 시키는 대로 열 손가락을 빠르게 구부렸다 폈다를 반복했다. 그것이 면접 시험이었다. 면접을 보고 나서야 그곳이 사무실이 아닌 공장이었다는 것을 알게 됐다.

이것저것 따질 상황이 아니었기 때문에 난 무조건 일을 하겠다고 했다. 월급도 주유소에서 일하는 것 보다 훨씬 많았다. 3개월 비정규직이 끝나면 정직원이 될 수 있다고 했다. 정직원이 되면 가족들과 편하게 살 수 있을 거라고 생각했다. 내 머릿속에는 온통 가족 밖에 없었다.

그렇게 스물한 살 초여름. 나의 공장 생활이 시작되었다.

내가 회사에 입사하면서 우리 가족은 단칸방 하나를 얻을 수 있었다. 월세였지만 네 식구가 함께 따뜻하게 살 수 있는 곳이 있다는 것이 너무 행복했다. 아버지는 막노동을 나가서 돈을 버셨다. 예전처럼 궁궐 같은 집도 아니었고 기름진 음식들을 먹을 수는 없었지만 너무 행복했다. 네 식구가 단칸방에 옹기종기 모여 살을 맞대며 살 수 있어서 감사했다.

이불 밑으로 나온 발을 서로 덮어주며 서로의 온기를 느낄 수 있었던 그때가 그립다. 집이 망하기 전에 우리 집은 각자 방이 따로 있었고 방마다 TV가 있었다. 서로 대화는커녕 집에 오자마자 문 닫고 자기 방으로 들어가 TV 보는 것이 우리 가족의 모습이었다. 부모님은 항상 바빴고 함께 모여 웃으며 밥을 먹어본 기억이 없었다. 지금 생각해 보면 가난이 꼭 나쁜 것만은 아니라는 생각이 들었다.

많은 사람들이 돈을 벌고 나서 가족과 좋은 시간을 보낼 거라고 얘기한다. 잠시 가족과 하는 시간을 뒤로 미루고 여유 없이 자신이 정해놓은 목표지점까지 올라가려고 한다.

원하던 돈과 명예가 생기고 나면 건강과 가족들이 멀리 떨어져 있는 것을 볼 때 인생의 회의감을 맛보게 된다. 내가 경험해 보니 돈이 우선순위가 되어서는 안 된다. 돈은 우리가 살면서 없어서는 안 되지만 그것이 먹고살기 위한 수단이 되어야지 인생의 목적이 되어서는 안 된다. 돈이 있어야 행복한 것은 절대 진리가 아니다.

돈 부자로 사는 것보다 마음 부자로 사는 것이 진정한 행복이라는 것을 모든 것을 잃고 나서야 깨닫게 되었다.

아버지의 죽음

5살 때. 개울물이 흐르는 다리 위에서 아버지가 서서 나를 기다리고 계셨다. 어디로 가시는지 알지 못했다. 비누를 깜박하고 챙기지 못한 아버지에게 갖다 드린 기억이 난다. 어릴 때 아버지의 기억은 그게 다였다. 아버지는 사우디아라비아로 일을 가셨다. 가족을 먹여 살리기 위해서 그 더운 나라로 어쩔 수 없이 가셔야 했다. 배운 것도 없으시고 기술도 없으시니 몸으로 하는 막노동을 하셔야 했다.

내가 7살이 되었을 때 아버지가 돌아오셨다. 나는 아버지를 보고 뒷걸음을 쳤다. 아버지가 낯설고 어색하기만 했다. 아버지라는 말이 입에서 떨어지지가 않았다. 그런 나에게 아버지는 딸과 함께하지 못했던 공백의 시간을 사랑으로 채워주셨다.

아버지는 키도 크시고 잘생기셨다. 유머도 있으셨고 따뜻한 분이셨다. 엄마

47

의 부족한 사랑을 아버지가 모두 채워 주셨다. 엄마 때문에 고향에서 도망가야 하는 상황에서도 엄마를 원망하거나 미워하시지 않으셨다. 오히려 자신의 부족한 능력을 탓하셨고 항상 가족에게 미안해하셨다. 단칸방에 살 때 아버지는 다시 막노동을 시작하셨다. 먼지를 뒤집어쓰고 온몸이 지치고 힘드셔도 가족을 위해 자신이 할 수 있는 것이 있어서 행복해하셨다.

막노동일이 얼마나 힘드셨을까. 직접 일해보지 않은 사람을 알지 못할 것이다.

비 오는 날 빼고는 매일 일하러 나가셨다. 아버지가 벌어오는 돈과 내가 회사에서 벌어오는 돈으로 우리는 여유 있게 살 수 있었다. 다시 우리 가족은 조금씩 바닥에서 일어나고 있었다. 다시 주저앉을 거라고 예상도 하지 못했다.

그 당시 나는 공장에서 교대 근무를 하고 있었다. 야간근무가 있을 땐 낮에 혼자 있는 시간이 많았다. 그날은 혼자 점심을 챙겨 먹으려고 하는데 전화벨이 울렸다. 아버지와 같이 일하시는 분이시라고 하셨다.

"엄마 계시니?"

"엄마 안 계시는데요? 무슨 일이세요?"

아저씨 목소리가 다급하게 느껴졌다.

아버지가 지금 다쳐서 응급실에 계신다고 하셨다. 엄마 오시면 빨리 병원으로 오시라고 하셨다. 벼락이 내 머리를 한 대 친 기분이었다. 엄마와 연락이 돼서 병원으로 달려갔다. 일하시다가 높은 곳에서 긴 철근이 아버지 머리 위로 떨어졌다고 했다. 아버지는 안전모를 쓰시지 않으셨다. 나중에 들은 얘기지만 자신의 안전모를 다른 분에게 주셨다고 들었다.

"아버지 괜찮아요?"

이런 말을 왜 했을까. 이마 앞쪽에 뼈가 들어간 게 보이면서.

아버지는 웃으시며 괜찮다고 하셨다. 가족들이 걱정할까 봐 괜찮다고 말씀하시는 아버지의 촉촉한 눈을 잊을 수가 없다. 아버지는 머리에 피가 고여서 뇌수술을 하셔야 했다. 수술만 하면 괜찮다고 했다. 근데 왜 자꾸 엄마는 우시는 걸까. 말도 안 해주고 매일 우셨다. 조용히 엄마가 나를 부르셨다.

"놀라지 말고 엄마만 잘 들어."

"아버지가 3개월밖에 못 사실 거야." 하시며 나를 안고 우셨다. 아버지는 뇌종양 판정을 받으셨다.

머리에 철근이 떨어졌는데 뇌종양이 왜 생긴 걸까.

나는 눈물도 나지 않았다. 도저히 인정하고 받아들일 수가 없었다. 신은 잠시도 행복할 틈을 주시지 않는다고 생각했다. 이제 가족과 웃으면서 살 수 있다고 생각했는데 또 시련이 찾아왔다.

아버지가 시한부 선고를 받고 나서 우리 집은 초상집 분위기였다. 엄마는 아버지가 충격 받으실까봐 말하지 말라고 하셨다. 뇌수술 후 오른쪽 발과 팔이 마비가 오셨다. 자신이 시한부 선고를 받았는지도 모르고 매일 재활치료를 열심히 참고 받으셨다. 다시 가족들을 위해 살고 싶어 하시는 아버지 모습을 잊을 수가 없다. 말을 했어야 했다. 인생을 정리할 시간을 드렸어야 했다. 자식들에게 하고 싶은 말을 남기고 자신의 삶을 정리하도록 했어야 했다.

아버지는 자신이 다치면서 산재보험을 타셨다. 그 돈으로 가족에게 도움을 주셨다며 좋아하셨다. 아버지의 사고로 엄마는 산재 회사를 상대로 소송을 거셨다. 뇌를 다쳐서 뇌종양이 생긴 거라는 주장과 뇌종양하고는 상관없다는 주장이 팽팽히 맞섰다. 처음부터 이기는 싸움이 아니었다.

아버지는 뇌종양 수술을 하셨다. 종양이 뇌 전체의 퍼져 있어서 다 제거할 수는 없었다. 뇌를 수술할 때마다 아버지의 인지 상태는 점점 떨어져 갔다. 마지막 수술 후 아버지는 가족도 알아보지 못하셨다.

헛것을 보시기도 하고 헛소리를 하시며 이상한 행동을 많이 하셨다. 그런 아버지를 볼 때마다 나는 가슴이 찢어지는 것 같았다. 매일 밤 나의 베개는 마를 날이 없었다.

우리 가족에게 왜 또 이런 시련과 고통을 주시는 걸까.

2003년 9월 태풍 매미는 한반도의 막대한 피해를 준 태풍이다. 인명피해와 재산피해가 클 정도로 강력했다. 내가 이날을 기억하는 이유가 있다.

이날 나는 지금 남편과 연애를 하고 있었을 때였다. 결혼을 전제로 만났기 때문에 명절이라 인사드리러 가게 됐다. 이날은 정말 이상하게 옷 사러 갈 때나 신발을 사러 갈 때마다 뭔가가 나를 가지 못하게 붙잡고 있는 것 같았다. 버스 시간은 다가오는데 옷 수선이 늦어지고 택시도 안 잡혔다. 그때 느낌을 아직도 기억한다. 일이 정말 안 풀리고 누군가 가지 말라고 나를 붙잡는 기분이었다.

떠나는 버스를 달려가서 잡아탔다. 버스가 고속도로 중간쯤 달리다가 와이퍼가 날아가 버스가 멈추었다. 계속해서 나를 못 가게 붙잡는 이상한 기분이 들었다. 포항에 도착하자 남자친구가 자기 집에 인사만 하고 바로 대전에 돌아가자고 했다. 엄마와 전화통화를 하고 나서부터였다. 그때 신랑은 무슨 이유인지 말해주지 않았다 대전에 올라가는 내내 불경을 틀고 염주를 돌리면서 가는 남자친구를 보니 아버지한테 무슨 일이 생긴 것 같은 느낌이 들었다. 남자친구는 집에 도착할 때까지 무슨 일인지 말해주지 않았다.

아버지는 나를 기다리고 계셨다. 하루를 꼬박 온몸의 힘을 주며 버텨내고 계셨다. 딸의 얼굴을 보고 가시려고 참고 계셨다. 나는 방으로 뛰어 들어갔다. 아버지는 나를 보자마자 눈물을 흘리시고 손으로 내 머리를 만지려고 애쓰셨다.

그동안 나를 못 알아 보셨는데 돌아가시기 전에 내가 기억이 나셨던 것일까.우리 딸을 꼭 보고 가야 된다고 생각하셨던 것일까. 나를 보자마자 바로 눈을 감으신 아버지의 모습을 잊을 수가 없다.

"아버지, 기다려 주셔서 감사합니다. 오랫동안 곁에서 지켜드리지 못해서 죄송해요."

내가 지금까지 힘든 인생을 잘 버텨온 것은 아버지 때문이었다. 내 인생의 전부라고 생각했던 아버지를 다시는 볼 수 없다고 생각하니 하늘이 무너지는 고통이었다. 매일 가슴을 치며 울었다.

신이 던진 돌멩이가 너무나 아팠다. 그렇게 또 신을 원망하며 살았다.

아버지라는 말만 들어도 가슴이 벅차고 눈물이 난다. 아버지가 없는 세상을 생각해 본 적이 없었는데 앞으로 어떻게 살아가야 할지 막막했다.

도박 그리고 엄마

아버지가 돌아가신 그해 겨울은 견딜 수 없을 만큼 추웠다. 따뜻한 곳을 가도 따뜻한 음식을 먹어도 좋은 줄 몰랐다. 겨울이 지나 봄이 와서 꽃이 피어도 예쁜 줄 몰랐다.

나는 아버지가 돌아가시기 전까지 최선을 다해서 살았다. 내 몸 하나 부서지더라도 함께여서 행복했고 혼자 돈을 벌어서 가족의 생계를 책임져도 힘든 내색을 하지 않았다.

아버지가 돌아가시기 전까지 가장 역할을 했다. 엄마는 아버지 병간호를 해야 했고 오빠는 집에서 놀고먹는 백수였다. 아버지의 병원비와 생활비는 전부 내 월급으로 다 나갔다.

너무 힘든 시간을 참아 낼 수 있었던 것은 아버지가 나을 수 있다는 희망 때문이었다. 다시 예전처럼 내 이름을 불러주시며 꼭 안아주실 거라 생각했다. 아버지가 나을 수만 있다면 난 참아 낼 수 있었다.

갑작스러운 아버지의 죽음으로 모든 것이 바뀌었다. 열심히 일해서 돈을 버는 일들이 무의미하게 느껴졌다. 집이 망하지만 않았어도 아버지는 돌아가시지 않았을 거라고 한없이 엄마를 원망하고 미워하며 살았다. 엄마의 돈 욕심만 아니었더라면 내 인생과 아버지의 인생이 이렇게까지 되지 않았을 거라고 원망하며 살았다. 항상 마음속에 분노로 가득 찼고 항상 부정적인 생각과 말을 하며 내 인생을 망가뜨리고 있었다. 나를 더 미치게 했던 건 엄마의 도박이었다.

자신의 실수로 집을 망하게 하고 남편을 죽게 했다며 우울증에 시달리셨다. 우울한 마음을 엄마는 화투를 치시며 푸셨다. 기분만 풀려고 시작한 것이 점점 판이 커지기 시작했다.

잘 알려진 스키너의 생쥐실험에서 스키너는 상자를 만들어 그곳에 생쥐를 길렀다. 스키너는 먹이로 강화요인을 하기 위해 하루 동안 생쥐를 굶겼다.

배고픈 생쥐는 상자 안에서 여기저기 뛰어다니다가 우연히 버튼 하나를 누르자 먹이가 나왔다. 버튼을 누르면 먹이가 나온다는 것을 알게 되었다. 배고플 때마다 버튼을 눌러 먹이를 얻기 시작했다. 당연히 버튼만 누르면 나온다는 생각에 나태해져만 갔다. 그러다가 4번째 버튼을 누르지만 먹이자 나오지 않자 그때부터 극도의 긴장감과 불안에 휩싸인다. 그 불안 때문에 미친 듯이 버튼을 누르게 된다. 스키너의 이야기를 읽을 때마다 상자 속의 생쥐가 꼭 엄마처럼 느껴졌다.

도박을 하게 되면 처음에는 따는 것처럼 생각이 든다. 쉽게 얻어진다고 생각한다. 더 많은 돈을 얻을 수 있다고 자만심의 빠지게도 한다. 그러다가 한두 번 잃게 되면 극도의 불안감에 빠지게 되고 다시 딸지 모른다는 기대심리에 빠져 도박에서 빠져나오지 못하게 된다.

심한 불안감에 시달리며 버튼을 계속 누르다 보면 언젠간 먹이를 얻을 수 있다는 생각에 상자 속 생쥐도 그런 마음에 버튼을 죽어라 누르지 않았을까.

어디에 홀린 사람처럼 엄마는 자식도 눈에 보이지 않고 오로지 매일 화투에 빠지셨다. 아버지의 보상금으로 집도 사고 여유롭게 살 기회가 있었다. 나도 지긋지긋한 공장 생활을 빨리 그만두고 싶었고 친구들처럼 다시 학교에 다니고 싶었다. 출소를 앞둔 수형자처럼 이제 감옥에서 벗어날 수 있다는 희망이 있었다. 아버지가 남겨두고 가신 보상금만 믿고 회사를 그만두겠다고 얘기했다. 앞으로 나도 고생 끝이라고 생각했다. 학교를 졸업하고 유학도 가고 싶었다. 자유롭게 세상 밖으로 나가서 내 꿈을 찾고 싶었다.

"엄마 나 회사 그만둔다고 얘기했어. 다시 학교 갈 수 있지?"

"엄마 돈 없는데."

말이 떨어지기가 무섭게 말씀하셨다. 보상금이 8천만 원 정도 이상 나온 거로 알고 있었다. 아버지의 몸값을 여기저기 빌려주고 도박으로 날리셨다. 그 돈이 어떤 돈인데 그렇게 허무하게 써 버릴 수가 있을까. 그 돈은 아버지의 생명과 바꾼 돈이다. 아버지의 생명 값이 너무 소중해서 쓰지도 못했고 달라는 소리도 하지 않았다.

밤낮이 바뀌는 삶을 이제는 살고 싶지 않았는데 이게 무슨 날벼락 같은 소리인지. 이젠 절망뿐이고 희망도 없었다. 엄마에 대한 실망감이 쌓이고 미움과 원망이 곪을 대로 곪아 터지기 일보 직전이었다.

12시간 교대로 지칠 대로 지친 나는 집에 오면 머리끝까지 예민해져 있었다. 방마다 아줌마들이 모여 화투짝 때리는 소리에 잠을 잘 수가 없었다.

내 월급은 엄마가 관리하고 있었다. 돈 모아서 시집갈 때 주신다고 했다. 월급날만 되면 내 통장엔 잔액이 항상 0원이었다. 용돈도 남기지 않고 다 빼간 우리 엄마는 친엄마가 맞다. 월급날만 되면 난 항상 우울했다. 12시간 팔이 떨어져 나가는 고통으로 볼트를 박으며 번 한달 월급이 순식간에 빠져나갔다.

친오빠는 번번한 직장도 없이 집에서 놀고먹었다. 돈도 없으면서 겉멋만 들어서 스포츠카를 내 이름으로 계약을 했다. 할부금을 못 갚자 보증을 서달라고까지 했다. 사업을 하고 싶다고 하면서 대출만 받아주면 다 갚겠다고 약속도 했다. 엄마가 돈은 갚을 테니 대출을 받아주라고 부추기셨다. 약속을 지킬 줄 알았다. 나는 내 가족에게 휘둘리고 있었다. 카드를 돌려막기는 기본이며 대출에 보증까지 빚잔치를 했다. 내가 회사에 다니기 때문에 대출을 받을 수 있었다. 이름만 빌려주면 다 갚겠다더니 나중엔 배째라는 식이었다. 가족을 믿었고 사랑해서 모든 걸 해주었는데 나에게 돌아온 것은 산더미 같은 빚뿐이었다.

몇 년 전 트로트 가수 장윤정 엄마 사건이 화제가 된 적이 있었다. '어머나'라는 히트곡을 낸 장윤정은 행사의 여왕이다. 장윤정네 집은 매우 가난했다. 그러다 장윤정이 유명해지면서 돈을 많이 벌었다. 장윤정은 10년간 모은 돈을 고스란히 엄마에게 드렸다. 나중에 알고 보니 통장엔 잔고는 없었고 고액 빚만 안게 되어 소송한 사건이었다. 나처럼 가족을 믿고 모든 걸 맡겼던 그녀를 보면서 나와 많이 비슷하다고 생각했다. 얼마나 힘들었으면 엄마와 동생을 소송하기까지 했을까.

장윤정이 TV에 나와 자신의 심경을 얘기한 적이 있다. 자신의 집이 너무 가난했는데 갑자기 바뀐 상황에 가족들이 적응을 못했던 것 같다고 했다. 누가 돈 주고 써보라고 하면 놀라서 안 쓰는 사람이 있는 가하면 엉뚱한 방향으로 흘러갈 수 있다고 말했다.

우리 엄마도 갑자기 돈이 생기니 많이 놀랐을 것이다. 남편이 갑자기 죽고 우울증에 시달린 엄마를 이해해보려고 했지만 그땐 이해할 수가 없었다.

15년이 지난 지금 엄마는 좋은 분과 재혼을 하셨고 삼겹살 가게 사장님이시다. 오빠는 결혼해서 두 딸의 아빠가 되었다. 지금은 성실하게 정육점을 운영하는 사장님이다. 다들 각자의 위치에서 열심히 살고 있다. 둘 다 나에게 항상 미안한 마음을 갖고 있다고 했지만 한 번도 미안하다고 한 적이 없다.

엄마는 가끔 나에게 말씀하신다. 그때 자신이 왜 그렇게 미친 여자처럼 살았는지 후회하신다고 하셨다. 내가 부모가 되고 자식을 키워보니 그때 남편을 잃고 우울증에 빠졌던 엄마를 이해하기 시작했다.

조금씩 엄마를 용서하려고 노력했다. 용서라는 것은 내가 상대를 위해서 하는 것 같지만 사실은 나 자신을 위해서 하는 것이다. 용서한다는 것은 쉽지 않은 일이다.

"원한을 품는 것은 다른 사람에게 던지려고 뜨거운 석탄을 손에 쥐고 있는 것과 마찬가지이다. 화상을 입는 것은 결국 자기 자신이다."라고 부처는 말했다.

이제 손에 쥐고 있는 뜨거운 석탄을 내려놓으려고 한다. 내 마음에서 가족에 대한 미움을 내려놓으면서 마음의 여유가 생기기 시작했다. 용서하기까지 많은 시간이 걸렸다. 지금 누군가를 미워하고 원망하는 마음이 있다면 상대방을 위해서가 아니라 나를 위해서 용서하길 바란다.

공장에서 내 청춘을 바치다

아이가 TV를 보다가 볼륨을 조금만 높여도 나는 예민해진다. TV뿐 아니라 나는 시끄러운 소리를 좋아하지 않는다. 언제부턴가 내 귀가 예민해지기 시작했다. 잘 때도 작은 소리에 잘 깬다.

스물한 살 때부터 자동차 부품을 만드는 회사에서 10년이라는 시간을 보냈다. 하루 종일 기계가 내는 소음 속에서 단순 작업을 했다. 아마 나의 청각 과민증은 10년 동안 들어온 기계소음 때문이라는 생각이 든다.

이승환 인제대 일산 백 병원 정신건강의학과 교수는 "소리에 민감한 사람은 그렇지 않은 사람보다 감정적 예민성 발생률이 37%, 우울증 41%, 분노 34%, 충동성 36%가량 높다"며 소리 자극이 중추신경계에 영향을 미치고 감정을 조절하는 세로토닌 호르몬의 분비를 변화시켜 정서적인 문제가 나타나는 것으로 추정된다고 설명했다.

"자동차 운전, 비행기 조종, 기계 조작 분야 직업군은 소음의 지속적으로 노출되기 때문에 청각 과민증에 걸리기 쉽다"고 했다.

스물한 살 때 친구의 소개로 사무직인 줄 알고 따라갔다가 공장인 것을 알게 되었다. 간단하게 손가락 면접이 끝나고 그다음 날부터 일할 수 있는 곳이었다. 지금은 모두 자동화 시스템이 갖추어져 버튼 하나만 누르면 로봇이 조립해주고 컴퓨터가 검사해준다.

1999년 내가 입사할 당시에는 모든 장비가 수동 장비였다. 사람이 수작업으로 완제품을 만들어내야 했다. 자동차에 들어가는 부품을 만드는 회사였기 때문에 힘든 작업이 많았다.

어딜 가든 신입사원은 쉽고 편한 자리보다 힘든 일을 맡게 된다. 내가 처음 맡았던 일은 볼트 박는 일이었다. 자동 드라이버로 작은 볼트를 껴서 눌러 박는 일이었다. 12시간을 볼트를 박아보지 않은 사람은 그 고통을 알지 못할 것이다. 팔 전체가 떨어져 나가는 것 같은 고통이었다. 너무 아파서 화장실에서 뜨거운 물을 틀어 팔을 마사지하면서 울었던 기억이 난다. 힘든 일을 해본 적이 없었던 내가 가족을 위해 버텨내야 했다. 돈을 배로 벌 수 있다는 생각에 하루하루 참고 견뎌냈다.

마음 맞는 회사 친구들과 일이 끝나면 항상 술을 마시러 갔다. 막노동을 막 끝내고 마시는 소주 한 잔은 우리들의 피로회복제였다. 야간 일이 끝나면 해장국집에 가서 소주 한잔을 먹고 가야 잠을 깊이 잘 수가 있었다. 고단한 하루를 마치고 친구들과 해장국집에서 소주 한 잔했던 그때가 가끔은 그리울 때가 있다. 회사 일만 끝나면 어디서 놀고 술을 마실지 온통 놀 생각뿐이었다. 일에 대한 책임감은커녕 술 먹고 힘들어서 나가지 않는 날이 더 많았다. 점점 노는 언니로 변해가고 성격도 까칠하고 냉정하게 변해갔다. 내 인생은 전혀 없었고 다람쥐처럼 매일 쳇바퀴만 돌려댔다. 아무 의미 없는 통속이 지루하고 힘든 줄 알면서도 그것이 내가 살아가야 할 운명인 줄 알고 계속 달렸다.

2002년 내가 스물네 살이 되던 해. 회사에서는 3개월 동안 독일에 가서 일을 배우고 장비를 가져와야 하는 프로젝트가 있었다.

각 부서의 과장님들은 성실하고 모범적인 사원들을 추천해 차창님에게 면접을 보는 기회를 주었다. 당연히 나는 제외됐다. 연월차도 없고 일도 못 하는 나를 뽑아줄 리 없었다. 나는 독일에 너무 가고 싶었다. 일을 배우고 싶기보다 비행기를 타고 싶었다. 나는 과장님을 찾아갔다.

"저도 면접 보게 해주세요. 저도 기회를 주세요."라고 말을 했다. 공평성을 위해 과장님은 면접을 볼 기회를 주셨다. 아마 떨어질게 뻔 할 거라고 생각하셨을 것이다.

면접을 보러 들어갔을 때 차창님은 나를 보시며 "연월차가 없네."라는 말부터 시작하셨다.

"차창님! 왜 과거에 회사 안 나온 기록만 가지고 사람을 판단하세요? 지금 마음잡고 열심히 회사 다니고 있는데 옛날 일을 말씀하시면 안 되죠"라고 당돌하게 얘기했다. 나의 당찬 모습에 당황하신 것 같았다. 며칠 뒤 나는 면접에서 합격이 되었다. 다른 직원들의 불만 속에서 나는 독일로 가게 됐다. 인생을 살다 보면 나도 모르는 기회가 찾아온다. 그것을 기회인지도 모르고 지나쳐 버리는 사람이 있지만 기회라고 생각해서 잡는 사람도 있다. 통 밖으로 나올 기회라고 생각했다. 힘들고 불행하기만 한 인생의 위기 속에서 숨어 있는 기회를 잡아보고 싶었다.

사람의 이미지를 한순간의 바꾸는 일은 쉽지 않았다. 내가 인문계고등학교를 나오고 대학교를 중퇴했다고 하면 모두 믿지 않았다. 그 정도로 회사에서 내 이미지는 좋지 않았다.

독일 출장 3개월 동안 오로지 장비를 배우고 익히는 것에만 몰두했다. 독일어로 되어있는 작업 표준서를 독일어 사전에서 찾아서 밤새 레포트를 써냈다. 독일 사람들이 장비가 고장 났을 때 조치하는 상황을 보고 기록하기 시작했다. 남들보다 몇 배로 공부를 하고 레포트를 써냈다. 나의 레포트는 아직까지 회사에서 상사들 입에 오르내린다고 한다. 독일에서 써낸 레포트가 나의 이미지를 한순간에 바꾸어놓았다. 놀기 좋아하고 회사를 밥 먹듯이 빠지는 날라리 같았던 내가 변하기 시작했다. 그렇게 독일을 갔다 오고 나서 나는 품질 오디터 교육을 받았고 5년 만에 단순 생산직에서 벗어날 수 있었다.

"아무리 중대한 실수를 저질렀더라도 항상 또 다른 기회는 있다. 우리가 실패라 부르는 것은 추락하는 것이 아니라 내려간 채로 있는 것이다."
_메리 픽포드

자동차 부품을 만드는 회사라 남자직원들이 많았다. 남자직원들 보다 뒤처지는 것이 싫었다. 여자라서 무시 받는 것 또한 싫었다. 남자들처럼 똑같이 기계를 만지고 고치고 싶었다. 아무것도 모르는 내가 기계 도면을 집에 가져가 공부를 하기 시작했다. 생산 부품에 불량이 발생하면 왜 불량이 발생했는지 원인을 끝까지 발견하려고 노력했다. 눈이 빠지도록 현미경 앞에서 불량 제품을 분석했다. 내가 잡아낸 불량으로 생산 라인이 멈추게 되면서 조금씩 회사에서 인정을 받기 시작했다.

이미지를 벗기 위해 많은 시간이 걸렸다. 사람들에게 인정받고 전과 다른 이미지를 보여주고 싶다면 열정적이고 성실한 모습을 보여줘야 한다. 일이든 사랑이든 뜨거운 열정만이 또 다른 나로 변화시킬 수 있다. 여자도 장비를 고치는 리더가 될 수 있다는 걸 보여주고 싶었다. 여자라서 편의를 봐주는 것이 나는 싫었다. 남자들과 똑같이 대우받기를 바랐다. 남편도 같은 회사에서 만났다. 남편은 내가 장비 안에 들어가 기계를 뜯어고치는 모습이 너무 좋았다고 했다. 항상 내 손에는 공구를 들고 있었다. 장비가 고장 나면 나에게 고쳐달라고 했다. 남자들처럼 기계를 고치고 센서에 대해 공부하는 일이 재밌었다. 나는 무슨 일이 맡겨지면 재능이 있어서 잘하는 사람보다 항상 열심히 하는 사람이었다. 결국, 나는 남자들 조직에서 리더가 되었다. 내가 여자라서 무시하는 일이 없었고 남자 직원들이 나를 잘 따라와 주어서 고마웠다.

공장에서 10년이라는 시간을 보냈다. 꽃다운 젊은 시절을 난 기계와 함께 보냈다. 신세를 한탄하며 꿈도 포기하며 반복되는 무의미한 삶이 내 인생이라고 생각했다. 나는 불행한 사람이라고 생각했지만 나에게 다시 일어설 기회가 찾아왔다. 생산직에서 벗어나 장비를 고치고 사람들을 리더 하는 사람이 되기까지 오랜 시간이 걸렸다.

우리는 살면서 많은 시련과 아픔을 겪는다. 좌절하고 삶을 포기하고 싶어질 때가 많다. 삶은 늘 행복일 수 없고 늘 불행일 수 없다. 나처럼 어느 순간 삶의 전환점이 찾아온다. 위기를 기회로 만드는 일이 반드시 찾아온다. 그 기회를 알아차리느냐 지나쳐버리느냐의 차이다.

스물다섯, 신용불량자가 되다

　요즘 20대들이 카드빚과 학자금 대출을 갚지 못해서 자살한다는 뉴스를 본 적이 있다. 대학교 학자금 대출을 받아 졸업 후에는 그 빚을 갚아야 한다. 신용 카드를 만들면 현찰을 준다는 이야기에 카드를 만들어 카드빚에 시달리기도 한다. 점점 불어나는 이자와 원금을 갚을 능력이 없는 이들은 제2금융권에 손을 대기 시작한다. 걷잡을 수 없이 눈덩이처럼 불어난 빚에 시달려 결국 자살을 결심한다. 우리나라 청년 자살률이 1위하고 한다.

　이런 이야기를 들으면 남 일 같지 않게 바라보게 된다. 나의 20대 시절도 카드빚과 대출 그리고 보증까지 빚더미에 앉았다. 학자금 대출도 아니었고 그렇다고 내가 흥청망청 돈을 써서 빚을 진 것도 아니었다. 집이 망해서 야반도주를 했기 때문에 부모님은 신용불량자셨다. 오빠는 직장도 없이 카드를 쓰고 갚지 않아서 신용불량자였다. 가족의 신용카드를 갚아 주는 건 항상 내 몫이 되었다. 거기에 더 보태서 가게를 차리고 싶다는 오빠에게 제2금융권 대출을 받아주었다. 이름만 빌려주면 알아서 갚는다는 말을 철석같이 믿었다. 어린 나이에 가족의 말을 믿은 내가 바보였다. 믿는 도끼에 발등 찍힌다는 말이 있다. 도끼에 발등만 찍혀도 아픈데 믿었던 도끼라서 더 많이 아팠다.

가게는 하지도 않았고 대출금은 어디에 썼는지 알 수도 없었다. 빚 독촉 전화벨은 나에게 울려댔다. 신용카드를 안 쓰려고 엄마에게 맡겼더니 나 몰래 돌려쓰고 있었다. 월급 타던 날 통장의 잔액이 없었다. 월급은 가족이 쓴 카드 값으로 전부 빠져나갔다. 밤낮이 바뀌며 12시간을 울면서 볼트를 박아서 번 돈을 어떻게 그렇게 쉽게 쓸 수 있었을까.

집 대출금과 제2 금융대출금 그리고 신용카드까지 나의 빚은 이자와 함께 눈덩이처럼 불어났다.

결국, 스물다섯 살에 나는 신용불량자가 되었다.

야간근무가 끝나고 졸린 눈을 억지로 떠가며 집으로 가고 있었다. 낯선 번호로 전화가 걸려왔다.

"강은영씨죠?"

"네. 그런데요?"

"대출금이 입금이 안 돼서 전화 드렸어요."

"저는 빌린 적 없는데요?"

그 상담자는 남편이라는 분이 대출을 받았다고 했다. 오빠가 남편이라고 속이고 내 이름으로 대출을 받았던 것이었다. 본인도 아닌데 대출을 어떻게 해주는지 그땐 따질 겨를도 없었다. 너무 화가 나서 그날 오빠와 크게 싸웠다. 미안함이 전혀 없는 오빠가 너무 미웠다. 우리는 부모님이 보는 앞에서 치고받고 싸우기 시작했다. 3살 많은 오빠에게 미친 듯이 달려들었고 미친 여자처럼 소리를 지르며 울었다.

나를 너무 힘들게 하는 가족이 너무나 싫었다. 도망치고 싶고 죽고 싶은 마음이었지만 아픈 아버지의 치료비를 위해서 참고 버텨야만 했다.

아버지가 돌아가시고 거의 정신이 나간 채로 살았다. 아버지의 죽음은 내 인생의 큰 충격이었다. 힘이 들어도 아버지 때문에 버텨왔는데 앞으로 어떻게 살아가야 할지 막막했다. 갚아도 줄지 않는 빚 때문에 하루하루 숨이 막혔고 자다가도 가위에 눌렸다. 혼자 감당하기엔 어깨에 짐이 너무나 버거웠다. 너무나 쉽게 돈을 빌리고 쓰는 가족에게 받은 상처가 너무나 컸다. 나 혼자 감당하기에 너무나 외롭고 무서웠다.

불면증이 있어서 맨 정신으로는 잠을 잘 수가 없었다. 알코올 의존증까지 생겼고 술을 마시지 않으면 잠이 오지 않았다. 어느 날 식탁 위에 아버지 영정사진을 벽에 기대서 세워놓고 울면서 술을 마시기 시작했다. 뇌종양 때문에 너무 고통스러워하셨던 사진 속 아버지는 건강하게 웃고 계셨다. 너무 고통스럽게 돌아가신 아버지의 모습이 떠올라 한없이 울었다. 내 손을 잡고 눈물을 흘리시던 아버지가 생각이 났다. 깜깜한 방안에서 나는 혼자서 한참을 그렇게 울었다. 소주 두 병을 빈속에 마신 뒤 갑자기 극단적인 생각을 했다. 감당할 수 없는 빚과 가족들에 대한 배신. 그리고 아버지의 죽음으로 나는 더 이상 살고 싶은 마음이 없었다. 그때 내 나이는 스물다섯이었다.

어린 나이에 어떻게 죽어야 할지 방법을 몰랐다. 드라마에서 본건 있어서 수면제를 약국에서 샀다. 얼마만큼 먹어야 죽는지도 몰랐다. 많이 먹으면 죽겠지 하는 생각에 한 통을 다 뜯어서 입에 털어 넣었다. 입에 넣고 나서야 나는 무서워지기 시작했다.

"진짜 죽으면 어떡하지!"

이런 생각을 하는 걸 보니 죽기는 싫었나 보다.

친구에게 전화했다.

"나 지금 약 먹었어. 어떻게 해?"

친구는 놀라서 당장 가겠다며 전화를 끊었다. 나는 점점 눈이 감기고 그대로 침대에서 잠이 들었다.

쿵쿵거리는 문소리에 눈을 떴다. 순간 아무것도 기억나지 않았다. 문을 열어 보니 친구가 놀란 눈으로 나를 쳐다보고 있었다.

"무슨 일이야? 왜 왔어?"라고 말하자 친구는 그날 화가 나서 집으로 돌아갔다. 잠만 푹 잤던 시트콤 같은 자살소동은 그렇게 끝이 났다. 친구는 나에게 죽을 용기가 있으면 그 용기로 살아보라고 위로 아닌 충고를 해주었다.

너무 힘든 현실 앞에서 죽음을 생각하는 사람에게 "죽을 용기가 있으면 그 용기로 살아라."라는 말을 한다. 그 말은 오히려 자살하려는 사람을 더 우울하게 하는 말이다. "다 잘 될 거야. 힘내." 라는 말도 오히려 독이 될 수 있다. 그냥 옆에서 이야기를 들어주고 공감해 주기만 해도 큰 위로가 될 수 있다. 그땐 그런 사람이 한 명이라도 있었다면 극단적인 생각은 하지 않았을지도 모른다.

개구리 세 마리가 우물 속에 빠졌다. 첫 번째 개구리는 모든 것을 하나님이 뜻에 달렸다며 아무것도 하지 않다가 빠져 죽었다. 두 번째 개구리는 우유가 너무 깊어서 통을 빠져나간다는 것은 도저히 불가능하다고 생각하면서 아무 것도 하지 않다가 빠져 죽었다. 마지막 세 번째 개구리는 어떤 비관도 낙관도 하지 않았다. 세 번째 개구리는 코를 우유 밖으로 내밀고 뒷다리를 움직이기 시작했다. 시간이 지나자 발에 딱딱한 것이 발에 닿았다. 개구리는 그것을 발로 딛고 일어설 수 있었다. 다리를 움직였더니 우유가 버터가 된 것이다. 개구리는 그 위를 딛고 통 밖으로 뛰어나 올 수 있었다.

세 번째 개구리처럼 힘든 상황에서 절망할 필요가 없다. 그냥 그 자리에서 헤엄치기를 계속하면 된다.

나는 우물 속 두 번째 개구리로 살았다. 위험한 상황과 절망적인 상황 속에서도 극복하며 사는 것이 쉬운 일은 아니었다. 나는 세 번째 개구리가 되기까지 오랜 시간이 걸렸다. 절망적인 고난을 극복하려고 하기보다 나를 이렇게 만든 사람들을 원망하며 살았던 시간이 많았다.

능숙한 선장은 폭풍을 만났을 때 폭풍에 반항하지 않고 절망도 하지 않는다. 늘 확고한 승산을 갖고 최후의 순간까지 최선을 다해 활로를 열려고 한다. 이것이 인생의 고난을 돌파하는 비결이다.
_맥도날드

인생의 고난을 극복하는 방법은 고난을 고난으로 보지 말고 기회로 보아야 한다. 고난과 시련이 없는 인생은 없다. 고난을 불행으로 보느냐 기회를 보느냐는 마음가짐에 달렸다. 내가 조금만 더 일찍 깨달았다면 불행 속에 숨어있는 작은 행복을 발견할 수도 있었을 것이다.

탈선, 방황

연말이 되면 연예인 시상식이 시작된다. 나는 연예인들 잔치가 재밌다. 후보에 오르는 연예인 중 누가 상을 받을까 맞추기도 하고 상 받은 연예인들이 수상소감을 보면 함께 울곤 한다.

남편은 옆에서 "당신이 상 받았어? 왜 울어?" 라며 이해 안 간다는 식으로 묻곤 한다. 나도 연예인들처럼 화려하고 멋있게 살고 싶었다. 남들의 화려한 삶을 부러워하며 내가 처한 상황을 인정하고 싶지 않았다.

"잘 차려진 밥상에 숟가락만 올려놓았을 뿐이에요."

좋은 작품을 만나서 상을 받게 된 것이라며 수상소감을 하는 연예인들이 있다. 좋은 작품을 만나서 인생의 부와 인기를 누리는 연예인처럼 우리 인생에서도 좋은 부모를 만나서 인생의 성공을 누릴 수 있다고 생각했다.

요즘 젊은 사람들에게 수저 계급론이라는 말이 유행하고 있다. 부모로부터 대물림되는 부와 명예로 계급을 매긴다는 신조어이다. 좋은 집안에 태어나는 사람들을 금수저라고 부르고 나처럼 가난하고 물려받은 재산이라고는 빚밖에 없는 사람들을 흙수저라고 한다.

나는 태어날 때부터 금수저를 가지고 태어나는 사람들을 부러워하며 흙수저로 태어나게 해준 부모를 원망했다. 저 사람들은 무슨 복이 있기에 금수저로 밥을 먹고 사는지 부럽기만 했다.

손에 힘껏 움켜쥐기라도 하면 금세 부서지는 것이 흙수저이다. 조심하지 않으면 흔적도 없이 사라진다. 금방이라도 부서질 것 같은 불안한 인생을 살고 있다고 생각했다. 금수저는 돈 잔치를 하고 흙수저는 빚잔치를 한다고 얘기를 들은 적이 있다. 나 또한 감당할 수 없는 빚으로 매일 잔치를 했다. 흙수저는 절대 금수저가 될 수 없다는 생각으로 매일 똑같은 쳇바퀴를 돌리는 다람쥐에 불과했다.

공장에서 일하고 받는 월급은 정해져 있었다. 빚을 갚을수록 밑 빠진 독에 물 붓기였다. 어제와 다른 오늘을 살고 싶었지만 나는 어제와 똑같은 오늘을 살고 있었다. 점점 나는 부모에 대한 원망을 넘어 세상에 대한 분노를 가지며 살아가고 있었다. 세상을 삐딱하게 보았고 사람들이 모여 있으면 내 얘기를 하면서 비웃는 것 같았다. 사람들과 어울리는 것이 싫었고 나에게 다가오는 것이 싫었다. 아버지가 돌아가신 뒤로 나는 많은 시간을 방황하며 보냈다. 매일 아침저녁으로 술을 마셨다. 맨정신으로 살 수가 없었다. 매일 밤 아버지에 대한 그리움 때문에 베개가 축축해졌다. 사랑하는 사람과 이별하는 것은 세상에서 가장 큰 아픔을 경험하는 것이다.

아버지가 돌아가시고 장례를 치른 던 날 염을 하기 위해 가족들은 아버지의 시신 앞에서 마지막 인사를 했다. 염을 하시는 남자분들이 아버지를 만지는 손길이 너무 거칠어서 순간 소리를 질렀다.

"살살하세요. 우리 아버지 아프단 말이에요!"라고 말하며 아버지를 안고 울었다. 아버지의 차가운 몸과 얼굴을 만지면서 할머니 엄마의 차가운 얼굴을 만지며 울었던 기억이 났다. 나는 사랑하는 사람과의 이별을 두 번이나 경험하고 한참을 방황했다.

길을 가다가 지나가는 사람들과 어깨라도 부딪치는 날에는 그 자리에서 주먹을 휘두르며 싸움을 했다. 매일 친구들과 술을 마셨고 맨 정신일 때가 없었다. 처음엔 내가 술을 먹고 있었지만, 나중엔 술이 나를 먹고 있었다. 술로 인해 실수도 많이 했고 싸움도 많이 했다. 아버지의 죽음과 감당할 수 없는 빚으로 너무나 힘이 들었다. 힘들다고만 생각했지 극복하려고 노력조차 하지 않았다.

그 당시 남자친구였던 남편은 나의 행동의 크게 실망하고 지쳐갔다. 바르게만 살아온 남자친구에게는 이해가 되지 않았을 것이다. 나와 결혼까지 생각했었는데 나 같은 여자랑 평생을 살다간 인생 망칠 수 있다고 생각했을 것이다. 나는 헤어지기기 싫어서 설득했지만 남자친구는 마음의 문을 열지 않았다.

남자친구는 내가 얌전하고 여성스러운 여자 친구이길 원했다. 매일 술을 마시고 실수하는 나를 이해하지 못했다. 나는 어떻게든 다시 만나고 싶었다.

회사에서 워크숍을 갔을 때 일이다. 부서별로 체육대회를 하고 나서 뒤풀이를 하게 됐다. 남자친구와 같은 부서에 있다 보니 신경이 계속 쓰였다. 하루아침에 모르는 사람처럼 지내는 것이 쉬운 일이 아니었다. 남자친구는 일찍 집에 갔고 나는 뒤풀이가 끝나고 친구한테 남자친구 기숙사에 데려다 달라고 했다. 그날따라 기숙사에 문이 열려 있었고 방문도 살짝 열려 있었다. 나는 도둑고양이처럼 몰래 살금살금 들어갔다. 그때 흰색 원피스를 입고 있었고 검은색

긴 생머리를 하고 있었다. 남자친구 방에 조용히 들어갔다. 그때 남자친구는 불 끄고 귀신 나오는 프로를 보고 있었다. 방문 사이로 "오빠"하며 내가 들어가자 남자친구가 뒤로 넘어가듯이 겁에 질려 소리를 질렀다. 그때 그 상황이 너무 웃겨서 서로 한참을 웃었다. 그 사건으로 우리는 화해하고 다시 만날 수 있었다.

남편은 밤낚시를 좋아한다. 깊은 산속에 혼자 들어가 밤새 낚시를 해도 무서운 적이 없다고 한다. 무덤이 있는 근처에서 낚시를 혼자 밤새 해도 하나도 무섭지 않다고 했다. 그만큼 겁이 없는 사람이다. 그런데 살면서 자기가 정말 무서웠던 적이 있었다고 한다. 그때 방문을 열고 흰 소복 입은 귀신을 봤을 때라고 한다.

사랑하는 사람과의 이별을 잠시 겪으면서 싫어하는 행동은 하지 말아야겠다고 생각했다. 두 번 다시 사랑하는 사람들과 이별하고 싶지 않았다. 나는 힘든 시간을 남자친구로 인해 조금씩 이겨내고 있었다. 나보다 5살이 많은 남자친구 때문에 성격도 많이 바뀌고 행동도 조심스럽게 변해 가기 시작했다.

남자친구도 흙수저를 가지고 태어났지만 나처럼 부모를 원망하거나 삶을 포기하지 않았다. 오히려 더 열심히 살았고 자신은 노력하면 금수저로 살 수 있다는 신념을 가지고 살았다. 그런 신념을 가진 사람이 나를 봤을 때 얼마나 한심스러웠을까.

남편은 하고 싶은 일이 있으면 반드시 이루어진다고 믿었다. 항상 자신은 실패가 없는 사람이며 잘될 수밖에 없는 사람이라고 생각하며 살고 있다. 지금까지 남편을 지켜봤을 때 굴곡 없이 평탄하게 인생을 살아왔다. 생각해 보면 항상 잘될 거라는 생각을 가지고 긍정적으로 인생을 살아왔기 때문이다. 내가 항상 부정적으로 인생을 바라보고 신세 한 탓만 하며 살 때 남편은 나와 다른 생각을 가지고 인생을 살고 있었다. 이런 사람과 살면 내 불행도 희석될 수 있고 행복해질 수 있을 거라 생각했다.

흙수저를 가지고 태어났다고 희망이 없는 것은 아니라는 것을 알게 됐다. 성공한 사람들의 책을 읽어보면 모두 힘든 상황 속에서 포기하지 않고 노력해서 성공한 사람들이 많다. 오히려 금수저를 가지고 태어난 사람들은 인생에서 성공확률이 낮았다. 사람은 결핍 속에서 극복하려는 의지와 열정이 생긴다.

나는 흙수저로 태어났지만 금수저로 되기를 바라지 않는다. 흙으로 잘 구워진 도자기가 되고 싶다. 뜨거운 불 속에서 죽을 힘을 다해서 버텨내는 도자기가 되고 싶다. 금수저나 은수저들은 뜨거운 불 속에서 견디지 못하고 녹아버리지만, 흙수저는 멋진 도자기가 될 수가 있다.

어떻게 태어났느냐가 중요한 것이 아니라 얼마나 버티며 살아가는 것이 중요하다.

제3장
벼랑 끝에 서서

엄마를 버린 딸 그리고 결혼

　추운 겨울이 지나고 따뜻한 봄이 오면 아파트단지에는 이삿짐을 나르는 모습을 흔히 보게 된다. 이사를 오고 가는 사람들은 삶을 다시 시작하는 마음과 설렘으로 가득할 것이다. 나도 결혼을 하고 이사를 왔을 때 내 집을 갖게 됐다는 기쁨에 가슴이 벅찼었던 기억이 난다.

　결혼하기 전엔 일 년에 5번 이상 이사를 했다. 냄새나는 지하 단칸방부터 산골짜기 옥탑방까지 옮겨 다녔다. 다행히 내가 회사를 들어가면서 주택마련 대출을 받을 수 있게 되었다. 대출금으로 작은 아파트로 이사했지만 얼마 못 가서 빚 갚느라 팔아버렸다. 아버지가 돌아가시고 엄마는 도박에 빠지셨다.

　집에는 항상 화투 치는 아줌마들로 가득했다. 12시간 밤새 야간 일을 하고 오면 눈꺼풀이 너무 무겁고 졸려서 어떻게 운전해서 왔는지 모를 정도였다. 매일 화투 치는 소리 때문에 집에서 편하게 쉬고 잠을 잘 수가 없었다. 엄마는 그때 내 생각을 한 번이라도 했을까. 밤새워 일하고 들어온 딸이 얼마나 힘들었을지 생각은 하셨을까. 힘이 들어도 내 말을 들어줄 사람이 그땐 아무도 없었다.

월급은 엄마가 관리하셨다. 돈을 모아서 시집보낼 때 쓴다고 하셨다. 엄마는 동네 사람들과 2천만 원 계를 시작했다고 했다. 곗돈 타서 시집보낸다고 분명히 약속했다. 어느 날 곗돈 타는 날이 언제인지 물어보려고 함께 모임하시는 아줌마를 찾아갔다.

"아줌마 우리 엄마 계 타는 날이 언제예요?"

"너희 엄마? 이미 타 먹었는데?"

"엄마가 저 시집보낼 때 쓰신다고 했는데 벌써 타셨다고요?"

엄마는 나에게 또 거짓말을 하셨다. 마지막이라고 생각하고 믿어서 줬는데 또 나를 속이셨다. 더 이상 이렇게는 살 수가 없었다. 함께 살다가는 내가 죽을지도 모른다고 생각했다. 솔직한 심정으로 가족이 있는 것이 싫었고 차라리 고아였으면 좋겠다는 생각을 한 적도 있다.

나는 그날 바로 이삿짐센터에 전화를 걸었다.

"이사 가려고 하는데 용달차 한 대만 불러주세요"

"짐은 별로 없어요."

그날 집에는 아무도 없었다. 나는 내 물건을 모두 싸기 시작했다. 이삿짐 아저씨가 이상한 눈으로 날 쳐다보았다. 나는 급하게 어디를 도망가는 사람처럼 짐을 싸기 시작했다. 빨리 이 소굴에서 벗어나고 싶었다. 가족과 인연을 끊을 생각으로 나는 떠날 준비를 했다. 짐을 다 싣고 가려고 하는데 엄마가 오셨다.

엄마는 아무 말도 하지 않으셨다. 어디로 가는지 물어보지도 않으셨다. "엄마! 잘 있어. 내가 연락할게. 그때까지 나 찾지 마."라고 말하며 뒤도 쳐다보지 않고 차에 올라탔다. 사이드미러로 엄마의 모습을 봤다. 내가 떠나는 모습을 울면서 보고 있었던 엄마의 모습이 아직도 생생하게 기억이 난다. 자신의 잘못으로 자신의 딸이 떠났다고 생각해서 가슴이 아프셨을 것이다.

> 미래의 올바른 행동은 과거의 악행에 대한 최고의 사과다.
> _로빈 퀴버스

미안하다는 말만 해줬다면 그렇게 매정하게 엄마를 버리고 떠나진 않았을지도 모른다. 거짓말만 하지 않았어도 그렇게 도망치지 않았을지도 모른다.

며칠 전 엄마 식당에서 이모와 함께 술 한 잔한 적이 있었다. 갑자기 엄마가 그날 일을 꺼내셨다. "나는 은영이한테 정말 미안하더라. 차를 불러서 짐을 다 싣고 가는데 너무 속상해서 눈물이 나더라."라고 이모한테 얘기하셨다. 한 번도 그 일에 대해서 말한 적이 없으셨다. 눈물이 촉촉이 고인 채 엄마는 나에게 미안하다고 하셨다. 13년이 흐른 지금에서야 사과를 하셨다. 그 말을 듣는 순간 눈물이 쏟아졌다. 힘들었던 지난 시간들이 떠올라서 눈물이 하염없이 쏟아졌다.

남자친구였던 지금의 남편은 부모의 도움 없이 알뜰하게 돈을 모아서 집을 샀다. 30대 초반에 40평대 아파트를 살 수 있었다. 아파트만 사놓고 살림살이는 채우지 않은 상태였다. 집을 계약한 뒤 남자친구는 나에게 아파트 열쇠를 선물로 주었다. 내가 용달차를 부르고 집을 떠난 그때는 싸우고 또 헤어진 상태였다. 남자친구는 지금의 시댁인 포항에 친구들을 만나러 갔다. 나는 짐을 신고 갈 곳이 없었다. 방을 얻을 돈도 없었다. 이삿짐 아저씨에게 남자친구 집을 알려주고 그곳에 옮겨달라고 했다. 친구를 불러서 같이 짐을 내리고 아파트에 짐을 정리했다. 다음 날 남자친구는 나의 행동을 보고 어이없어 했지만 그 사건으로 우리는 다시 화해를 하고 자연스럽게 결혼까지 하게 되었다.

모든 것이 부지불식간에 일어났다. 남자친구에게 멋있는 프러포즈를 받아서 결혼을 하지 못했다. 그땐 가족이 싫어서 로맨틱한 프러포즈를 생각할 겨를이 없었다. 빨리 벗어나고 싶은 마음에 뿐이었다. 오로지 지금 남편이 나를 구제해주는 사람이라고 생각했다.

결혼만 하면 엄마랑 살 때보다 행복할 거라고 생각했다. 결혼하면 제2의 인생이 내 앞에 펼쳐질 거라고 생각했다. 항상 외롭고 고독했던 나에게 결혼은 유일한 희망이었다. 지금의 남편은 나처럼 굴곡 없이 평탄하게 인생을 살아왔다. 이런 사람과 결혼을 하면 나도 굴곡 없이 편하게 살 수 있을 거라고 생각했다. 남편의 조건 따위는 나에게 중요하지 않았다. 1남 6녀의 장남인 것도 좋았고 경상도 남자의 B형 남자인 것도 좋았다. 하지만 결혼은 현실이었다. 혼자가 싫고 외로움이 싫어서 결혼을 선택했지만, 오히려 고독의 시작이 결혼이었음을 알게 되었다.

둘 다 부모에게 물려받은 재산이 없었기 때문에 맞벌이를 해야 했다. 결혼하면 일을 그만두고 살림하며 아기만 키우며 편하게 살 줄 알았다. 같은 회사에서 만나 2년을 연애하고 5년 동안 맞벌이를 했다. 서로 교대근무를 했기 때문에 시간이 맞지 않으면 남편을 자주 볼 수가 없었다. 은행의 융자를 갚아야 했고 혼수로 가져온 빚도 해결해야 했다. 우리는 빚을 갚기 위해 먹고 쓰는 것을 줄여가며 빚을 갚아나가기 시작했다. 빚을 갚는 시간은 외로운 시간이었다.

결혼을 해보라.
당신은 후회할 것이다.
결혼을 하지 말라.
당신은 더욱 후회할 것이다.
_소크라테스

결혼이 인생의 전부라 생각했다. 새로운 세상이 열릴 줄 알았지만, 결혼은 현실이었다.

결혼은 해도 후회 안 해도 후회라는 말이 있다. 서로의 배려가 없으면 힘들고 후회하는 것이 결혼이다. 서로 다른 문화 속에서 자란 사람들이 만나 함께 사는 것이 쉬운 일이 아니다. 우리는 신혼 초에 많이 싸웠다. 서로 배려하고 이해하기보다 받기를 더 바랐기 때문이다.

결혼만 하면 행복할 거라 생각했다. 이런 마음으로 살다 보니 내 삶 속엔 행복은 찾아오지 않았다.

행복은 자신이 처한 현실의 문제 때문에 변화되는 것이 아니라 내가 행복을 어떻게 바라보느냐에 따라 행복의 의미가 달라진다는 것을 알게 됐다. 똑같은 꽃을 바라보면서 느끼는 감정이 다르듯 생각하는 마음에 따라 달라진다. 행복하다고 생각하면 행복한 것이고 불행하다고 생각하면 불행한 것이다. 결혼문제든 인생 문제든 우리의 마음가짐에 따라 결정된다. 그땐 온통 불행하다고만 생각을 했다.

혼자 떠나는 여행

대한민국이 해방되던 날 사람들이 대한민국 만세를 외쳤듯이 나는 2009년 9월에 만세를 외쳤다. 1999년에 입사해서 10년 동안 젊은 청춘을 바친 공장에서 해방된 날이었다.

나는 회사에 다니면서 힘들다는 생각뿐이었다. 친구들처럼 평범하게 학교에 다니고 싶었다. 그땐 회사에 다니는 것이 지옥이었다. 그런 지옥 같았던 회사 생활이 요즘은 왜 그리워지는 걸까. 지금 생각해보면 추억은 고통스러울수록 아름다운 것 같다는 생각이 든다.

회사에서 희망퇴직 공고가 붙었다. 140명 정도 인원 감축을 해야 하는데 희망하는 사람들이 우선 순위가 되었다. 나는 말이 떨어지자마자 제일 먼저 손을 들었다. 나는 5년 치 연봉을 받고 퇴사를 했다. 미련도 없이 뒤도 돌아보지 않고 회사를 나왔다. 그동안 수고한 나를 다독여주었다.

"그동안 고생했어. 힘들었지?"

"이제 너를 위해 살아봐."

내 안의 셀프 텔러의 목소리를 들었다.

그동안 수고한 나에게 선물을 해주는 일이 무엇일까 생각했다. 주말도 없이 교대 근무하면서 여행 한번 해 본 적이 없었다. 찌들었던 나의 마음을 치유해 주고 나와 대화할 수 있는 시간을 갖는 것이 필요했다. 그것이 여행이라고 생 각했다. 여행 목적지는 호주로 정했다. 비행기 왕복 티켓을 끊고 남편에게 혼 자 호주에 갔다 오겠다고 했다. 정말 갈 줄 몰랐다는 눈치였다. 나는 한번 마음 먹으면 꼭 해야 하고 가야 하는 성격이다. 혼자만의 여행을 정말 하고 싶었다.

인천공항도 혼자 가본 적 없는 내가 비행기 탑승까지 해냈다. 낯선 곳을 혼 자서 가려니 두려움이 앞섰지만 무작정 비행기를 타고 호주로 날아갔다. 호주 에 사는 친구가 공항에서 나를 반겨주었다. 친구 집에서 지내면서 관광하고 영 어학원을 다닐 생각이었다. 나중엔 친구 집이 불편해서 호주 시내인 시드니로 나왔다.

여행자들이 잠만 자는 게스트 하우스에서 지냈다. 항상 우울했던 내가 이곳 에서 나를 다시 찾은 기분이 들었다. 호주 친구들과 대화하면서 걱정 없이 웃 고 떠들었다. 호주에서 학원에 다니면서 영어가 좋아지기 시작했다. 여러 나 라 친구들과 친해지고 소통하는 것이 너무나 행복했다. 여행은 다른 문화와 다 른 사람을 만나기도 하지만 결국 그 속에서 자기 자신을 발견할 수 있다. 영어 학원에서 만난 일본 친구와 항상 단짝처럼 지냈다. 영어를 배우기 위해 지나가 는 호주 사람들을 붙잡고 알고 있는 길을 물어보며 실전영어를 했다. 그때 영 어 울렁증을 극복할 수 있었다. 도전하는 것은 처음엔 어렵고 두렵지만, 한발 만 떼면 그다음 발은 떼기가 쉬워진다.

공장에서 10년을 보낸 나에게 이곳은 신세계나 다름없었다. 한국으로 돌아가기 싫었다. 자유가 있는 이곳에선 어떤 행동을 하건 사람들의 시선을 의식하지 않아도 되었다. 도전적인 여행에서 얻는 기쁨은 이루 말할 수 없이 벅찬 일이었다. 혼자 관광하는 것이 너무나 자유스럽고 행복했다. 관광지에서 만난 사람들과 친구가 되기도 했다. 워낙 노는 걸 좋아하고 춤을 추는 걸 좋아해서 PUB(호주 술집)을 가는 것을 좋아했다. 낮에 영어학원을 다니고 밤에는 PUB을 갔다. 주말엔 관광투어를 하며 행복한 한 달을 보냈다.

호주에 가면 시드니 오페라하우스가 있다. 오스트레일리아를 대표하는 건축물로 시드니 항구에 정박되어 있다. 오페라 하우스는 시드니의 필수 관광지이다. 관광객들의 발길이 끊이지 않을 정도로 유명한 공연장이다. 오페라 하우스에서 바라보는 하버 브리지 야경은 밤잠을 설치게 만들 정도로 황홀했다. 매년 새해가 되면 새해맞이 불꽃놀이가 열리는데 세계에서 가장 큰 규모를 자랑한다. 내가 이곳을 잊지 못하는 이유 중의 하나이다.

본 다이 비치라는 곳은 시드니 도심에서 가까운 해변이자 서핑을 즐길 수 있는 곳이다. 넓은 백사장에서 썬 텐을 즐기는 사람들로 가득하다. 한국과 정반대의 계절이라서 겨울에 가면 여름을 즐길 수 있다. 한국에서 못 입었던 비키니 수영복도 입을 수 있었다. 위아래로 훑어보는 사람들도 없어서 너무 좋았던 기억이 난다.

호주 관광하면서 빼놓아서는 안 될 또 하나의 관광지는 모래 썰매를 탈수 있는 포트스테판 이라는 곳이었다. 사막 같은 분위기의 이곳은 모래가 밀려들어오는 사구였다. 높은 모래 언덕으로 올라가 눈썰매 타듯이 타고 내려오면 속도감에 짜릿한 쾌감을 느낄 수 있었다. 혼자 간 여행이라 많은 사진을 남길 순 없었지만 내 기억 속에 컬러 영상으로 기억되고 있다.

마지막으로 호주 여행에서 꼭 가봐야 할 곳은 블루마운틴이라는 곳이다. 너무나 인상적이어서 8년이 지난 지금도 그 장관을 잊을 수가 없다. 유칼라나무로 뒤덮인 이곳은 호주의 그랜드 캐년이라고 불릴 정도로 아름다웠다. 많은 곳을 관광 했지만 기억에 남는 관광지를 꼽으라고 하면 나는 이곳들을 추천해주고 싶다.

왜 사람들이 호주로 유학을 가고 영주권을 따서 살고 싶어 하는지 그 이유를 알 것 같았다. 친구는 호주 한인과 결혼을 해서 영주권을 따서 살고 있다. 스물한 살 때 공장이라는 작은 우물 안에서 살겠다고 발버둥치고 있을 때 친구는 자신의 꿈을 위해 호주에서 공부를 했다. 공부하다가 한인 남편을 만나 행복하게 잘 살고 있다.

나는 이런 넓은 세상으로 나갈 생각을 왜 못했을까! 이런 세상이 있는지 조차 몰랐다. 오로지 공장 밖으로 나가면 돈도 못 벌고 빚을 못 갚는다고 생각하며 살았다. 우물 안의 개구리가 바로 나였다. 다시 시간이 거꾸로 흘러 그때로 돌아간다면 꿈을 찾아서 넓은 세상을 배우며 살고 싶다.

3개월 동안 여행을 하려고 했지만, 회사를 퇴사하면 실업급여를 받아야만 했다. 교육을 받고 서류를 제출해야 하기 때문에 한 달밖에 있을 수가 없었다. 내가 가는 마지막 날 친구들은 나를 위해 파티를 열어주었다. 세상엔 좋은 사람들이 많다는 것 알게 되었다. 10년 동안 우물 안의 개구리로 살아왔다는 것을 넓은 세상을 보고 나서야 알게 되었다. 한국으로 돌아가는 비행기 안에서 많이 울었던 기억이 난다. 혼자만의 호주여행은 새로운 것을 도전할 수 있는 밑거름이 되어 주었다. 여행을 통해 나를 찾을 수 있었고 내 마음의 쌓인 시커먼 먼지들은 씻어 낼 수 있었다.

여행이란 단어 자체만으로 우리를 설레게 하고 삶의 에너지를 준다. 많은 사람들이 시간과 여유가 생기면 그때 여행하겠다고 생각한다. 여행은 심장이 떨릴 해야지 다리가 떨릴 때 하는 것이 아니다. 대부분 아이들을 다 키워놓고 그때 여유가 생기면 유럽여행을 하겠다고 버킷리스트에 적어놓는다. 나는 지금 6살, 7살을 키우는 연년생 엄마이다. 식당에서 마음 편히 밥도 먹을 수가 없는데 여행은 꿈도 못 꿀 일이다. 집 앞 공원에 나가 노는 것도 지치는데 해외여행은 생각만해도 끔찍하다. 나도 아이들이 다 크고 여유가 생기면 그때 여행해야지 생각했다. 한해가 지날 때마다 체력이 점점 약해지는 것을 느낀다. 이러다가 정말 다리 떨면서 여행하고 고생만 할 것 같다는 생각이 들었다. 해외여행이 아니어도 좋다. 가까운 국내 여행이라도 혼자 여행하는 시간을 가져 보자. 지친 일상의 활력을 불어 넣어주는 여행 속에서 당신이 얼마나 소중한 사람인지 알게 될 것이다.

여행을 다녀와서 일상의 변화가 생겼다. 영어공부도 이어서 계속할 수 있었고 삶을 바라보는 시각이 달라졌다. 나를 알고 나니 자존감도 회복되었다. 혼자 여행한 것이 이렇게 나를 변화시켜주었다. 우물 안의 개구리도 마음만 먹으면 우물 밖으로 나올 수 있었다. 또다시 혼자만의 여행을 하고 싶다.

드디어 나도 엄마가 되다

시댁은 포항 시골 마을이다. 명절이나 산딸기 따는 시즌이 되면 아이들을 데리고 내려가곤 한다. 결혼한 지 12년이 된 지금은 시댁이 친정만큼은 아니지만 불편하지 않다. 결혼하고 6년 정도까지는 마음이 많이 불편했다.

어느 날 지나가는 이웃 어르신이 "누구네 며느리지?" "밥값은 했어?"라고 물어보셨다.

'밥값?' 한참을 생각하고 나서야 자식을 낳았느냐는 말인 것 같아서 "아니요. 아직 밥값 못했어요."라고 말한 적이 있다. 그렇다. 나는 밥값을 못했다. 결혼하고 6년 동안 밥값을 하지 못했다.

결혼 후 5년 동안 맞벌이를 했다. 둘 다 교대근무를 했기 때문에 시간이 맞지 않으면 한 달 이상을 못 볼 경우가 많았다. 집은 잠만 자는 하숙집이나 다름없었다. 우리는 집 융자를 갚기 위해 허리띠를 졸라매고 8천만 원을 2년도 안 돼서 갚았다. 남편의 알뜰함과 성실함으로 우리는 30대 초반에 40평 아파트와 고급승용차를 끌고 다닐 수 있었다. 다른 사람은 우리 부부를 부러워했다. 경제적으로 자유로워 보이고 행복할 거라 생각한 것 같다. 사람들은 돈이 있어야 행복할 거라고 생각한다. 돈은 우리가 살아가는 데 중요하지만 그것이 행복의 우선 순위가 되지 않는다는 걸 알게 됐다.

2016년 UN이 발표한 세계행복 보고서의 따르면 덴마크가 행복지수가 1위이고 우리나라는 58위다. 우리나라 경제는 세계 15위지만 행복지수가 낮은 것을 보면 돈과 행복은 정비례하지 않는다는 걸 알 수 있다. 덴마크의 행복지수가 높은 이유는 휘게 라이프에 있다고 한다. 휘게(Hygge)란 덴마크어로 따뜻함과 안락함을 말한다. 소소한 일상에서의 즐거움을 행복이라고 생각한다. 덴마크 사람들은 기분 좋은 공간에서 좋은 사람들과 함께하는 것을 행복이라고 생각한다. 돈을 벌기 위해서 우리는 가족과 함께 보낼 시간이 없거나 피곤하고 바쁘게 살아간다. 나 또한 맞벌이하는 5년 동안 남편과 여유 있게 식탁에 둘러앉아 밥을 먹은 기억이 많지 않다. 어릴 때부터 돈이 있어야 행복할 수 있다고 듣고 자랐기 때문에 어른이 되어서도 돈만 쫓으며 살아왔다.

행복은 주관적이기 때문에 인생의 의미를 어떻게 생각하느냐에 따라 달라진다. 곧 행복은 돈이 아닌 마음에서 온다는 것을 시간이 많이 흐른 뒤에서야 알게 됐다.

빚을 다 갚고 경제적으로 여유가 생기면 행복할 거라 생각했지만 전혀 행복하지 않았다. 사람은 부족함이 채워지면 또 다른 부족한 것을 채우고 싶어 한다. 나 또한 내가 행복하지 않은 이유가 아이가 없어서였다는 것을 알게 됐다. 결혼을 하고 6년이 되어도 아이가 생기지 않았다.

결혼을 하고 1년만 지나도 주위 사람들이 "아기 아직 없어요?"라는 물어보기 시작한다. 6년이 되면 말도 꺼내지 않는다. 나에게 상처가 될까 봐 자신들의 아이 얘기조차 꺼내지 않는다. 나는 괜찮은데 상대방의 걱정이 오히려 날 더 불편하고 부담스럽게 만들었다. 그 이후로 사람들과 만나는 일이 줄어들었다.

정상적인 부부관계에서도 1년 이내의 임신을 하지 않으면 불임이라고 한다. 난 불임이었다. 아이가 생기지 않으면 대부분 여자 문제로 생각한다. 몸이 차서 안 생긴다는 둥 살이 쪄서 안 생긴다는 둥 스트레스를 너무 많이 받아서 안 생긴다는 둥 여러 가지 불임의 조건을 갖다 붙인다. 밤에 자면서 꾸는 꿈은 개꿈도 많았지만 거의 대부분 태몽 비슷한 꿈을 자주 꿨다. 조개. 사과. 물고기. 뱀 등이 많이 나왔지만 손에 쥐고 깨 본 적이 없었다. 다 버리고 오거나 죽이고 오는 꿈을 많이 꿨다.

꿈속에서도 이번엔 꼭 손에 쥐고 오겠다는 생각할 정도로 간절했다. 낚시하다가 물고기를 잡았는데 낚싯대와 물고기가 함께 바다 속으로 빠지는 꿈을 꾼 적도 있다. 순간 물속으로 온몸을 던져 그 물고기를 잡으러 들어갔다. 꿈속에서도 아이를 갖고 싶은 마음이 간절했던 모양이다. 병원에서 안 해본 검사가 없었다. 난소가 막혔는지 검사하는 나팔관 조경술은 너무 고통스러웠다. 모든 문제를 나에게 찾으려고 했다. 검사를 해도 이상이 없었다. 병원에서 배란날짜를 정해주면 달력에 표시해서 열심히 숙제했지만 매번 실패했다. 아기를 갖기 위해 안 해본 것이 없었다. 스트레스는 계속 쌓이고 짜증만 났다. 남편은 자기가 문제인 것 같다며 병원에 가서 검사를 받겠다고 했다. 나는 지칠 대로 지쳤고 생기든지 말든지 포기 상태였다.

야반도주 이후 대전으로 이사 오는 바람에 할머니 산소를 가지 못했다. 할머니에게 부탁하고 싶었다.

"할머니! 언네 왔어요."(장애 할머니는 나를 "언네"라고 불렀다.)

"너무 늦게 와서 죄송해요."

"할머니, 나 아기가 안 생기는데 아기 좀 생기게 해주세요. 제발."

할머니 엄마에게 아이가 생기게 해달라고 얘기했다.

그리고 얼마 후 나는 임신을 하게 됐다. 우연의 일치였을까 아니면 정말 할머니 엄마가 내 소원을 들어주신 걸까.

나의 임신 소식은 온 집안을 눈물바다로 만들었다. 그동안 묵묵히 기다려준 시부모님에게 감사했다. 엄마는 딸 가진 부모로 항상 미안해하셨는데 임신 소식에 눈물을 흘리셨다. 남편도 믿을 수 없다며 쉽게 받아들이지 못했다. 그렇게 나는 사람들의 눈물 축하 속에서 첫아이를 임신했다.

첫아이를 임신했을 때 다들 나와 비슷했을 거라고 생각한다. "임신입니다"라는 말이 떨어지자마자 속이 울렁거리기 시작한다. 한 달도 안 됐는데 입덧을 한다. 나도 임신 소식과 함께 속이 이상하다고 생각했다. TV 속에서 식구들끼리 밥 먹다가 손으로 입을 가리며 "우욱"하는 그런 고상한 입덧은 없다. 현실은 화장실 변기 붙잡고 괴성에 가까운 그런 입덧이다. 조심할 것은 왜 그리도 많은지 특히 먹는 것이 많이 힘들었다. 짜고 매운 음식을 좋아했지만 건강한 아기를 낳기 위해 참아야 했다.

몸의 좋은 음식을 먹어야 아이가 건강하고 매운 것을 먹으면 아기가 태열이 생겨 아토피가 생긴다고 했다. 오징어를 먹으면 손가락 발가락이 이상하게 나온다는 등 자장면을 먹으면 피부가 까맣게 나온다는 등 여러 가지 말들이 많다. 컴퓨터와 핸드폰을 하면 전자파가 나와서 아기에게 안 좋다고도 한다. 그런 말들이 사실이 아니지만 오랫동안 간절하게 기다린 아이라 모든 것이 조심스러웠다.

평소에 듣지도 않는 태교 음악을 듣다가 잠만 자기 일쑤였고 성격에도 맞지 않는 아기 옷을 만들다가 바늘에 찔리는 일은 다반사였다. 비 오면 비 와서 못

나가고 눈 오면 눈길에 미끄러질까 못 나가고 그렇게 열 달을 조심조심하며 지냈다.

임신하기 전에 간호조무사 자격증을 따려고 공부하고 있었다. 자격증 공부하는 도중에 임신이 되었다. 열 달 동안 집에서 문제집 풀며 태교로 공부를 했다. 시험을 치는 날에는 만삭의 몸을 하고 초등학교로 시험을 보러 갔다. 의자와 책상이 막달 임신부에겐 한없이 작았다. 배가 책상 위에 걸쳐질 정도였다. 시험 치는 내내 아기는 계속 발길질을 해서 집중할 수가 없었다. 이론에 합격하고 실습을 나가야 했다. 만삭의 몸으로 실습해야했다. 운 좋게 나는 치과로 실습을 나갔고 치과에서 임신부라며 편의를 많이 봐주셨다. 자격증을 따면 병원에서 일을 하려고 했는데 아이를 임신하고 나서 자격증은 장롱 속으로 들어갔다. 아이를 키우고 다시 꺼내리라 다짐했다.

열 달 동안 지루함 없이 보내던 어느 날 팬티에 핏빛이 비쳤다. "드디어 올 것이 왔구나." 진통과 분만의 고통이 어떤 건지 몰랐기 때문에 무섭지 않았다. 그동안 라마즈호흡법과 힘주기 자세를 문화 센터에서 배우고 요가도 꾸준히 했다. 잘할 수 있을 거라 생각했다. 친한 동생은 소리한 번 안 지르고 순산했다는 소리가 너무 부러웠다. 내 귀에는 "난 애 잘 낳는 여자야"라며 자랑하는 것처럼 들렸다. 소리 지르고 힘들게 낳는 것이 애 못 낳는 여자처럼 느껴졌다. 팬티에 이슬이 비치는 순간 진통이 시작되었다. 처음엔 생리통 같은 느낌으로 배가 아팠다. 바로 병원을 가니 자궁 문이 열리지도 않았다고 했다.

"정말 죽을 거 같다고 생각하면 그때 오세요."라고 의사가 말하는 순간 너무 무서웠다.

집으로 돌아가서 짐볼을 타며 기다렸다. 엄마는 아기 낳을 때 힘써야 한다며 계속 음식을 해주셨다. 아기 낳기 전에 많이 먹으면 안 되는데 처음이라 몰랐다. 관장할 때 그렇게 힘들 줄 정말 몰랐다. 진통주기가 계속 짧아지고 있었다. 3분 간격의 진통이 1분 간격으로 될 때 정말 죽을 것 같았다. 정말 죽을 것 같아서 병원을 갔더니 자궁 문이 3센티미터밖에 안 열렸다고 했다. 10센티가 열려야 아기가 나온다. 3센티미터가 열리기까지 진통을 10시간을 했다. 4센티가 열리면 무통 주사를 맞을 수 있다고 했다. 허리로 진통이 왔다. 누가 내 허리를 도끼로 찍고 있는 기분이었다. 4센티미터가 열렸는데 무통 주사를 안 놔주었다. 새벽이라 의사가 오고 있는 중이라고 했다. 입에서 욕과 괴성이 터져 나왔다.

나는 아기 낳는 모습을 비디오에 담고 싶다고 남편에게 항상 얘기했었다. 남편은 비디오카메라를 빌려왔다. 조작법이 서툴러 버튼을 누를 때마다 삑삑 소리가 났다. 옆에서 진통하며 고통스러워하고 있는데 비디오카메라를 만지고 있는 남편을 보니 화가 났다. 나는 '나가!'라고 소리를 질렀다. 비디오 찍어 달라고 할 때는 언제고 괜한 남편만 잡았던 기억이 난다.

의사가 도착하고 무통주사를 맞는 순간 구름 위를 걷는 것처럼 몸이 너무 편했다. 나는 무통이 정말 잘 받았다. 주사를 맞자마자 자궁 문 10센티미터가 모두 열렸다. 그동안 연습한 힘주기는 생각도 안 나고 써먹지도 못했다. 배에 힘을 줘야 하는데 얼굴에 힘을 줘서 얼굴 핏줄이 다 튀어나올 정도였다.

그렇게 17시간 만에 첫아이를 출산했다. 아이의 울음소리를 듣고 나서야 모든 것이 끝났다고 생각했다. 이승과 저승 사이를 오고가면서 두 번 다시 산부인과를 오지 않겠다고 다짐했다. 내 인생의 출산은 여기까지라고 생각했지만 지금 나는 연년생 엄마이다.

인간은 망각의 동물이 맞는 것 같다.

그렇게 나는 엄마가 되었다.

아픈 엄마여서 미안해

첫아이를 임신했을 때 육아 선배들은 "뱃속에 있을 때가 제일 편하고 좋아." "맘껏 즐겨둬."라며 입이 닳도록 얘기해줬다. 그 말의 의미를 아이를 낳고 나서야 알게 됐다. 숨쉬기도 답답하고 밤마다 화장실 들락날락하기 바쁜 막달이 되면 풍선처럼 부푼 배가 빨리 바람이 빠지길 기다렸다. 부푼 기대를 가지고 천사 같은 아이를 상상하며 출산을 했다. 아이가 세상 밖으로 나오는 순간 육아는 리얼 다큐멘터리가 되었다.

출산과 동시에 나는 엄마가 되었다. 육아 전선에 뛰어든 나는 아이에게 모유를 먹이려고 했지만, 모유량이 턱없이 부족했다. 유축기로 밤새 가슴을 쥐어짜도 아이는 배고프다고 울어댔다. 아이가 배불리 먹으려면 최대한 많이 짜내야 했다. 밤이면 차가운 벽에 기대어 윙윙거리는 기계 소리를 들으며 온몸을 쥐어짜듯이 모유를 만들어냈다.

돌덩이처럼 딱딱해진 젖몸살의 고통을 참아내며 유축기와 혼연일체가 되었다. 아이가 배고프다고 하니 내 몸을 돌볼 겨를조차 생각하지 못했다. 나의 몸상태를 알고 빨리 모유에 대한 집착을 버렸어야 했다. 마사지부터 시작해서 미역국과 사골, 잉어 즙, 물 마시기 등 모유 양을 늘린다는 음식을 온종일 입에 달고 살았다. 결국 모유량이 너무 적어서 분유와 혼합수유를 시작했다.

아기가 태어나면 무지갯빛 인생이 펼쳐질 줄 알았다. 우아하게 아이를 키우는 일이 육아인 줄 알았다. 나뿐만 아니라 이 세상의 모든 엄마들이 육아에 대한 환상을 가지고 있다. 아이를 키우면서 이런 환상은 아이가 태어나면서부터 환장으로 바뀐다. 매일 육아 전투가 시작된다.

육아의 환상이 깨지는 순간은 아이가 2시간의 한 번씩 깰 때였다. 아이는 알람시계였다. 새벽에 졸린 눈으로 분유를 푸다 보면 몇 숟가락 펐는지 잊어버릴 정도로 비몽사몽하다. 분유에 넣을 물의 온도를 맞추느라 손등에 떨어뜨려 보고 얼굴에 대보고 심지어 먹어보기까지 한다. 너무 차가워서 배앓이를 하면 어쩌나. 너무 뜨거워서 데이면 어쩌나 노심초사하며 제조하기 시작한다. 분유 타기는 스피드를 요하는 일이다. 배고프다고 목청껏 울어대는 아이는 점점 짜증을 내기 시작한다. 조용한 새벽에는 목청 높여 우는 우리 아이의 울음소리만 들릴 뿐이었다.

더 힘들었던 건 트림 시키기였다. 아무리 등을 쓰다듬고 두드려도 트림을 안할 때가 많았다. 트림을 시키지 않으면 큰일이 날 것만 같았다. 아기가 어른 같은 트림을 하고 나면 내 체중도 쑥 내려가는 기분이 들었다. 그리고 아이를 또 재우면 2시간 후에 또 알람이 울린다. 안고 재우다가 내려놓기만 하면 울어댔다. 아이 등에는 센서가 달린 것 같았다. 정말 환장할 노릇이었다. 엄마가 된 것이 처음이라 모든 게 서툴렀고 실수투성이였다.

옛날에는 아기를 낳으면 금줄을 치고 삼칠일까지 외부의 출입을 금했다. 삼칠일이란 아이를 낳은 지 스무 하루째가 되는 날이고 세이레라고 한다. 이 기간을 산후조리 기간이라고 해서 산모의 이완되었던 몸을 정상적으로 회복하는 시간이다. 이 시기에 잘못 관리하게 되면 산후풍에 걸리기 쉽다.

산후풍은 말 그대로 출산 후에 약해진 몸 안으로 바람이 드는 것이다. 증상은 뼈마디가 아프고 이유 없이 식은땀이 흐르고 으스스 추운 증상이 나타난다.

나는 5월 중순에 첫아이를 출산했다. 출산하고 조리원으로 갔을 때 방이 너무 더웠다. 그래서 가끔 선풍기와 에어컨을 조금씩 틀었다. 모유를 만들기 위해 밤새 유축을 해서 손에 무리가 갔다. 며칠 동안 감지 않은 머리를 감았다. 그때까지도 내 몸에 찬바람이 들어온다는 느낌을 전혀 받지 못했다. 몸이 괜찮았다. 삼칠일이 지나고 나서야 바로 이상증세를 보이기 시작했다.

손가락 마디마디가 쑤시고 아파서 반찬통조차 열지를 못했다. 정수기 수도꼭지조차 돌리지 못했다. 온몸엔 진땀이 흘렀고 닦아내면 닦아낼수록 계속 흘렀다. 계절은 한여름인데 내 몸이 느끼는 온도는 겨울이었다. 집에 창문을 다 닫았는데도 어디선가 목 뒷덜미로 찬바람이 들어왔다. 내복을 입고 그 위에 또 옷을 입어도 너무 추웠다. 집 앞 마트라도 나가는 날이면 털목도리에 털모자를 쓰고 나가야 했다. 사람들은 반소매에 반바지 차림이었는데 나는 혼자 북극 에스키모인처럼 하고 다녔다. 아이가 울면 안고 달래야 하는데 아이도 안을 수가 없었다. 아이는 적정온도가 되지 않으면 덥다고 울고 춥다고 운다. 아이가 자는 방에 에어컨을 틀었기 때문에 한방에서 잘 수가 없었다. 아이를 홀로 방안에 두고 나는 방문을 닫고 자야 했다. 닫힌 방문 틈사이로 새어 나오는 냉기 때문에 잠을 잘 수 없었다. 아이는 2시간의 한 번씩 분유를 줘야 하기 때문에 어쩔 수 없이 살이 찢어지는 고통을 참아내며 방으로 들어가야 했다.

이런 상황에 우울증이 오지 않는다면 이상한 일이다. 산후우울증까지 오는 최악의 상태까지 이르렀다. 산후병으로 사람이 죽을 수도 있겠다고 생각했다. 친정엄마에게 아이를 맡기고 병원에 갔지만 양방에서는 특별히 이상이 없다고 했다. 우울증이 극에 달했다. 남편은 시댁에 일이 있어서 집에 없었다. 남편에게 전화를 걸었다.

"여보, 나 너무 아파."

"어떻게. 병원에 가 봐."

경상도 남편은 위로할 줄을 모른다. 그냥 '어떻게'가 끝이다.

"집에 올 때 농약 한 병만 가져와. 그냥 죽는 게 더 편하겠어."라고 울면서 전화한 기억이 난다. 정말 죽고 싶은 마음뿐이었다.

몸이 아프니 친정엄마가 옆에서 많이 도와주셨다. 결혼 전에 그렇게 원망스럽고 미웠던 엄마였다. 내가 아이를 낳고 엄마가 되어보니 친정엄마의 심정을 조금씩 알아가고 있었다. 아기 낳을 때 옆에 있다는 것만으로 친정엄마는 큰 힘이 됐다. 젖몸살로 힘들어하는 딸을 위해 마사지도 해주고 청소와 음식을 만들어주셨다. 아픈 딸을 보며 마음 아파하셨다. 엄마도 나를 낳고 산후조리를 제대로 못하고 나를 낳자마자 일을 나가셨다고 했다. 내가 아파보니 엄마가 얼마나 힘드셨을까 이해가 되기 시작했다.

우연히 육아 카페를 보다가 산후풍을 치료했다는 한의원을 보게 되었다. 다음날 아이를 엄마에게 맡기고 병원을 찾아갔다. 내가 너무 추워하니 담요를 덮어주셨다. 병원 에어컨도 꺼주셨다.

나는 의사를 보자마자 "저 좀 살려주세요. 너무 춥고 아파요."라고 울면서 하소연을 했다. 마지막 지푸라기 잡는 심정으로 치료를 시작했다. 기혈을 풀어주는 산후 보약과 뜸 치료, 침 치료를 하기 시작했다. 일주일 정도 지나고 나니 추운 증상이 점점 줄어들기 시작했다. 3개월 정도 치료한 후 몸은 완전히 회복되었다. 그제야 내 눈에는 아이가 보이기 시작했다. 아픈 엄마여서 제대로 따뜻하게 안아주지 못한 아이에게 너무 미안했다. 자신을 지켜주고 보호해줘야 하는 엄마가 항상 곁에 없었다. 아이에게 세상이 얼마나 무섭고 불안했을까.

아이를 친정엄마 손에 맡기는 시간이 많아지다 보니 아이가 나에게 오지 않았다. 산후병으로 아이와 사랑을 교감할 수 있는 시간이 부족해서였다. 애착 시기를 놓치고 말았다. 17시간을 진통하고 산후병까지 걸려가며 힘들게 낳았는데 나에게 오지 않는 아이에게 서운한 마음이 들었다.

애착이란 아이가 부모에게 달라붙는 행동을 말한다. 첫아이는 내가 없어도 울지 않았고 내가 있어도 나에게 오지 않았다. 점점 아이와의 애착관계는 무너지고 있었다. 애착 형성 시기에 아이와 함께하지 못한 것이 지금도 마음이 아프다. 아이에게 배고픔을 해결해주고 졸릴 때 재워주는 기본적인 욕구만 채워주면 된다고 생각했다. 아이가 인형에 집착하는 행동을 보면서 애착이 얼마나 중요한지 뼈저리기 느끼게 되었다.

아픈 엄마라서 너무나 미안했다. 엄마와 함께하지 못한 공백시간을 사랑으로 다시 채워주고 싶었다. 그런데 아이가 7개월 되던 해 나는 계획에 없었던 둘째 아이를 임신하게 되었다. 몸이 회복한지 얼마 되지도 않았는데 또 임신이라니. 바로 또 생길 줄 몰랐다. 방심했다.

신이 뜻한 바가 있으셔서 연속적으로 두 아이를 보내셨겠지만 그 당시 둘째 아이 임신 소식은 기쁘지 않았다. 또다시 임신과 출산하려니 앞이 깜깜했다.

전투육아 & 독박육아

KBS에서 방영하는 '슈퍼맨이 돌아왔다'라는 프로를 즐겨 본다. 아내 없이 아이들을 돌보는 연예인 아빠들의 전투 육아를 다룬 육아 예능 프로그램이다. 직접 우유도 먹이고 목욕시키고 재우는 일은 기본이며 놀아줘야 한다. 전투 육아를 통해 아내들이 얼마나 힘든지 아빠들도 느낄 수 있어야 한다는 취지로 만들어졌다. 전투 육아는 말 그대로 육아가 전투라는 얘기다. 육아가 너무 어렵고 힘들어 '전투' 같다고 표현한 신조어이다.

첫 아이를 임신하고 열 달 동안 24킬로그램이 쪘다. 출산하고 모유 수유를 하면 살이 빠진다는 말은 누가 말한 것일까. 온종일 먹고 앉아서 젖 물리는 것 외엔 움직이지 않는데 어떻게 살이 빠질 수 있을까.

나는 출산 후 아이는 3.6kg이었는데 아기를 낳기 전이나 후나 몸무게는 변함이 없었다. 양수도 나왔고 아이도 나왔는데 어떻게 몸무게는 그대로 일 수 있는지 신기했다. 알고 보니 절반은 붓기였다. 다리는 코끼리 다리를 연상케 했다. 손가락으로 꾹 누르면 다시 올라오지 않았다. 이런 상황에 산후풍까지 왔으니 몸 상태는 최악이었다. 다시 출산 전의 몸으로 돌아가기 위해 에어로빅을 다시 시작했다. 신나는 음악과 동작들 때문에 스트레스가 풀렸다. 온몸을 땀으로 목욕을 하고 나면 기분도 좋아지고 살이 빠지기 시작했다. 그렇게 매일 아침저녁으로 에어로빅을 다녀서 출산 전 몸매로 돌아갔다. 나를 가꾸기 시작하니 하루하루 삶의 활력이 붙기 시작했다. 모유는 끊은 상태여서 자유의 몸이었다. 아이를 엄마에게 맡기고 자주 놀러 다녔다.

어느 날 한 달에 한 번 하는 행사를 하지 않았다. "아닐 거야." 하면서 달력을 봤다. "아닐 거야." 하면서 임신테스트기를 꺼냈다. 두 줄이었다. 그것을 보는 순간 울어버렸다. 너무 기뻐 운 것이 아니었다. 남편에게 전화해서 임신했다고 하니 남편은 "어떡하지?"라고 말을 했다. 계획에 없던 임신이었지만 남편의 말에 조금 서운했다. 운동해서 살 다 빼놓고 이제 즐길 일만 남았다고 생각했는데 둘째 임신이라니.

나의 전투 육아는 둘째를 임신하는 순간부터 시작되었다.

첫째 아이가 18개월이 되던 해 막달이 되었다. 여기저기 올라가고 사고치는 아이를 무거운 몸으로 따라다닐 수가 없었다. 할 수 없이 아이를 어린이집에 일찍 보냈다. 처음 어린이집을 보내는 날 많이 울었다. 이제 막 걷기 시작한 아이를 나 때문에 보낼 수밖에 없는 상황이 너무 미안했다.

그런 마음도 잠시였다. 처음엔 2시간만 보내야지 했었는데 계속 시간을 늘리고 있었다. "점심 먹기 전에 데려갈게요."라고 했다가 "점심 먹고 데려갈게요."라고 했다가 "낮잠 자고 데려갈게요."라고 전화하며 아이의 하원 시간을 계속 늘렸다. 어린아이가 엄마가 없는 곳에서 지내며 힘들 거라는 생각을 하지 못했다. 지금 내가 힘든 것만 생각하는 이기적인 엄마였다. 아이가 오기 전에는 쌩쌩하다가 아이가 하원하는 시간이 되면 급 피로해지면서 졸리기 시작했다. 아이가 오면 그때서야 집안일을 시작했고 빨래와 밀린 설거지를 했다. 아이가 놀아달라고 떼쓰고 보채면 "엄마, 지금 바빠. 잠깐 혼자 놀고 있어."라고 아이를 밀어냈다. 엄마 배가 왜 그렇게 큰지 영문도 몰랐던 첫째 아이에게 동생이 태어날 것이라고 얘기를 해줬어야 했다. 나는 육아서 한 장을 읽지 않는 육아 무식쟁이 엄마였다.

어느 날 갑자기 엄마가 동생이라며 집에 데려왔을 때 첫째가 느끼는 감정은 남편이 외도해서 애인을 집에 데리고 들어와 같이 살 거라고 말하는 것과 같다고 한다. 아이가 겪는 스트레스 상황을 이해해 주고 달래줘야 했다. 나는 아이에게 "오빠가 그러면 안 돼. 동생한테 양보해."라는 말을 자주 했다.

첫째 아이도 아기였는데 동생이 생기면서 오빠라는 또 다른 이름이 생겨버렸다. 말이 늦었던 첫째는 행동으로 표현하기 시작했다. 누워 있는 동생의 눈알을 찌르기는 기본이고 물건을 집어 던지기도 했다. 한시도 눈을 뗄 수 없는 전투 육아였다. 아이에게 이상한 행동을 하지 말라고 소리를 지를 뿐 전혀 마음을 헤아려주기 못했다. 다시 그 시간으로 돌아갈 수만 있다면 아이를 많이 안아주고 싶다.

엄마의 사랑이 부족해서 첫째 아이는 인형에 집착을 보이기 시작했다. 파랑이라는 인형이 눈에 보이지 않으면 동네가 떠나가라 울어댔다. 어린이집 갈 때도 항상 가져갔고 심지어 여행 갈 때는 필수품이 되었다. 인형을 집착하는 아이가 이해가 되지 않았다. 모두 나 때문인지도 모르고 아이가 성격이 참 이상하다고만 생각했다. 아이는 인형을 엄마 대신이라고 생각한 건데 아이 마음을 몰라주고 숨기기까지 했다. 인형의 냄새를 맡는 아이는 엄마의 냄새를 맡고 싫었던 것인데 더럽다고 집어던지기까지 했다.

태어날 때는 내가 아파서 사랑을 못 받다가 동생이 생기면서 사랑을 또 받지 못했다. 지금 생각하면 너무 가슴이 아프다. 엄마의 배가 왜 큰지 알려주고 함께 배를 쓰다듬며 동생과 얘기할 기회를 줬어야 했다. 동생을 인정할 수 있는 시간을 줬어야 했다. 동생을 때릴 때 야단치지 말고 첫째 아이를 더 안아주고 감정을 읽어줘야 했다. 오빠는 그러면 안 된다는 말을 하지 말았어야 했다. 아이가 동생을 사랑할 수 있도록 칭찬해 주어야 했다. 시간이 지나고 나서야 뒤늦게 깨닫는 바보 엄마였다.

이미 지나간 일은 잊어버리고 앞으로 아이와 다시 함께 육아하면 된다고 생각한다. 늦었다고 생각할 때가 빼를 때라는 말이 있듯이 아직 우리 아이들은 계속해서 성장하고 있다. 우리 모두 리허설이 없는 육아를 하고 있고 한 번도 해보지 않은 엄마 노릇을 하고 있다. 시행착오를 겪으며 육아로 성장해 나가는 것이 엄마들이다.

연년생은 어릴 때 키우기가 힘들지 다 키워놓으면 편하다고들 한다. 터울이 있으면 다시 처음부터 육아를 시작해야 한다며 일부 엄마들은 푸념을 늘어놓는다. 누가 더 힘들고 덜 힘든 육아는 없다. 자기가 세상에서 제일 힘든 것이 육아이다. 나 또한 내가 제일 힘들다고 생각했다. 첫째가 울면 바로 둘째가 울고 첫째가 아프면 바로 둘째가 아팠다. 아이들이 잠들기 전까지 바닥에 엉덩이를 대지 못했다. 그렇다고 남편이 육아를 많이 도와주는 편은 아니었다. 아이들을 예뻐할 뿐 나의 수고를 덜어주진 않았다. 더 보태서 주말이면 독박육아를 안겨주었다. 전투 육아와 함께 독박육아는 옵션이었다.

독박육아란 홀로 독(獨)에 바가지 박 자를 써서 엄마가 혼자 육아를 한다는 의미이다. 남편이 없는 주말은 항상 혼자 아이들을 돌보는 독박육아를 했다.

엄마는 아이들의 시계에 맞혀 움직인다. 삼시세끼 챙겨주랴 간식 챙겨주랴 놀아주랴 온종일 쉴 틈 없이 일하는 엄마 시녀였다. 아이들을 사랑으로 키워낸다는 생각보다 시간 돼서 밥을 주고 재우는 동물적 육아를 하고 있었다. 저녁이 되면 혼자 육아를 한다는 생각에 짜증과 화가 올라오기 시작했다. 회사에서 일한 남편은 주말에 일했다는 이유로 대접을 받고 싶어 했다. 저녁을 먹고 반주 한잔하고 나면 바로 코를 골고 잤다. 온종일 아이들과 시달린 나는 자는 남편 얼굴을 한 대 때리고 싶을 때가 한두 번이 아니었다. 괜히 엄한 아이들한테 소리를 지르고 짜증을 냈다. 힘든 육아가 빨리 지나가기만을 바랐다. 육아는 정말 답이 없는 시험 문제지 같다. 풀려고 애쓰면 애쓸수록 답을 찾을 수가 없다.

어느 순간 독박육아라는 말을 사용하지 않게 되었다. 독박육아 속에는 나만 육아를 한다는 억울함. 알아주지 않는다는 서운함. 짜증과 분노들이 한꺼번에 섞여 있는 것 같았다. 억울한 마음이 들면 아이들과 함께 있는 일분일초가 지옥이 된다. 독박육아라는 말을 함께육아라는 말로 바꾸어 생각해 보기로 했다. 생각만 바꿨을 뿐인데 똑같이 해오던 육아가 덜 힘들었다. 나 혼자 육아를 한다는 억울함이 가벼워지기 시작했다. 기본 욕구만 채워주며 아이를 키워내는 것이 아니라 아이와 함께 놀이를 하며 육아를 해보자. 집안일도 엄마와 함께하고 밥 준비도 함께 해보자. 엄마를 도와줄 수 있는 존재라는 걸 아이들이 알았을 때 자존감도 생긴다. 아이들은 엄마의 사랑을 먹고 자란다. 함께육아를 통해 아이들에게 사랑을 해주자.

인생은 마음먹기에 달렸다는 말이 있듯이 육아도 마음먹기에 달린 것 같다. 괴롭고 힘든 독박육아가 아니라 엄마와 아이가 함께 성장할 수 있는 육아라고 넓게 생각해보는 건 어떨까.

육아를 고통이라고 생각하지 말고 육아로 엄마가 성장한다고 생각해 보자.

나는 욱하는 엄마였다

지킬 박사와 하이디는 알고 있는 것처럼 한사람이 두 가지 자아를 가진 이중 인격에 대한 내용을 다룬 희극이다. 뮤지컬과 드라마로 인기를 끌면서 관심을 갖고 보게 되었다. 자기 안의 선한 하이디와 악한 지킬 박사가 어쩌면 너그러울 땐 한없이 너그러운 엄마였다가 순간 욱하고 못 참는 내 모습은 아닐까 생각이 들었다. 욱하는 감정은 작은 짜증에서 시작된다. 짜증이 극에 달했을 때 나도 모르게 입 밖으로 욱이라는 감정을 토해낸다. 연년생 아이들을 키우면서 한 번도 짜증이 나지 않고 욱한 일이 없었다면 거짓말이다.

"언니도 애들 혼내?"

"언니도 아이들 때려?"

"언니는 화 안내지? 아이가 잘 때 밤마다 미안해 죽겠어."라고 말하는 동생이 있다.

왜 나는 혼내지 않고 예쁘게 아이를 키울 거라고 생각할까. 나도 똑같이 처음 육아하는 엄마이다. 시행착오를 겪는 실수투성이 엄마이다.

장난감을 사달라고 떼쓰고 마트 바닥에 누워 울 때 어찌 화가 안 나겠는가.

우유 먹다 꼭 둘 중 하나는 바닥에 흘리거나 이불에 쏟는데 어찌 화가 안 나겠는가.

둘이 장난감 하나 가지고 죽기 살기로 싸우는데 어찌 화가 안 나겠는가.

어린이집에 가야 되는데 굼벵이처럼 준비하는데 어찌 화가 안 나겠는가.

아이의 보이는 행동만 바라보면 일상 속에서 벌어지는 모든 일들이 화 덩어리들이다. 육아서 한 장 읽지 않았던 그땐 무조건 안 된다고 제지하기만 했던 엄마였다. 나도 처음엔 육아서에 나오는 대로 "그랬구나."라고 끝을 길게 늘어뜨리며 얘기를 했다. 아이가 장난감을 사달라며 떼쓰면서 마트 바닥을 청소해줄 땐 통제 불능 상태가 된다.

"안 돼!"

"너, 집에 가서 혼날 줄 알아!"

"사람들이 보잖아."

"경찰 아저씨한테 전화해야겠다."

"몰라! 엄마 갈 거야! 너 혼자 여기 있어!"

욱하는 말을 내뱉고 협박을 일삼는 엄마였다. 아이 때문에 힘들고 화가 난다고 생각했다. 아이가 얌전히 내 말만 잘 들으면 화낼 일도 없다고 생각했다. 어릴 땐 엄마가 소리 지르고 협박하면 무서워서 말을 들었지만 아이들 머리가 자라면서 말대꾸는 기본이고 더 떼를 쓴다. 나의 육아 방식이 더 반항하는 아이로 만들고 있었다. 더 심각한 건 엄마의 행동을 보고 자라는 아이는 엄마와 똑같이 복제된다. 욱하는 엄마 뒤엔 욱하는 아이가 있다. 아이가 화를 잘 내고 짜증을 낸다며 엄마 자신을 한번 되돌아 봐야 한다.

육아가 힘들게 느껴지는 것은 참아내는 일이 힘들기 때문이었다. 화내면 안 된다는 걸 알지만 잘 안되기 때문에 육아가 더 힘들게 느껴졌다. 남들은 화내지 않고 아이 마음을 다독이면서 잘만 키우는데 "나는 정말 나쁜 엄마야."라며 매일 자책감에 빠졌다.

나는 밤마다 자는 아이 머리를 쓰다듬으며 눈물을 흘렸다. 낮에 그렇게 화낼 일은 아니었는데 아이들을 혼냈던 일이 자꾸 생각이 났다. '내일은 정말 잘해줘야지. 화내지 말아야지.'하면서 내일이 되면 언제 그랬냐는 듯이 지킬 박사로 변신한다. 밤이 되면 또 반성문 백 장을 쓴다. 엄마의 반성문 놀이는 무한 반복되는 시디플레이어 같다.

아침마다 등원 전쟁이 시작된다. 아이들 깨우기, 씻기기, 밥 먹이기, 옷 입히기, 이빨 닦기 순서로 스스로 해주길 바랐다. 등원 시간은 정해져 있는데 아이들은 딴 짓만 한다. 나는 아이들을 전혀 기다려주지 않았다. 나 혼자만 바쁘다는 생각에 스멀스멀 화가 올라오기 시작했다.

"빨리 준비 안 할 거야!"

"바르게 앉아서 밥 먹어."

"빨리 이리와."

결국 "너 유치원 가지 마!"까지 나온다. 아이들은 유치원에 못 가게 될까봐 우는 것이 아니라 엄마가 무서워서 울기 시작했다. 아침부터 울어대는 소리에 "울지 마." "시끄러워." "그러니까 빨리빨리 준비하라고 했지!"라고 말했다. 그렇게 아침부터 아이를 울리고 등원시키고 돌아오면 하이디로 돌아온다. "내가 왜 그랬지!" "조금만 참을걸." "좀 늦으면 어때서." 아침부터 울고 간 아이를 생각하니 하루 종일 마음이 안 좋았다. 누가 보면 정신장애 엄마로 오해할 수도 있을 것 같다.

'혹시 내가 분노조절 장애 엄마는 아닐까.'라는 생각을 했다. 한없이 너그럽다가 아이가 울고 떼쓰면 받아주지 못하고 아이의 마음을 헤아려주지 못했다. 어떻게 해야 할지 방법을 몰랐다. 어릴 때 나의 엄마가 나에게 했던 육아 방식을 무의식적으로 아이들에게 똑같이 하고 있다는 것을 알게 됐다. 육아 대물림이라는 것이 정말 있다는 것을 알게 되었다. 부모로부터 받은 상처를 치유하지 못한 내 안의 어른아이가 있다는 것을 알게 됐다.

어릴 때 엄마는 내가 울고 떼쓰면 바로 매를 드셨다. 왜 그런지 한 번도 나를 토닥여 주시지 않았다. 울면 시끄럽다고 혼을 먼저 내셨다. 어릴 때 마음의 상처가 어른이 되어서 무의식 속에 자리 잡은 것 같았다. 엄마처럼 나는 키우지 않을 거라고 해놓고 어느 순간 내 모습에서 엄마의 모습이 보일 때가 있었다. 아이의 울음소리. 떼쓰는 소리가 너무 싫었다. 왜 우는지 달래고 들어주기보다 울음소리에 집중되어 울지 말라고 다그치기만 했다. 친정엄마가 나에게 그랬던 것처럼 말이다.

내 안의 상처받은 아이의 마음을 해결해 주지 않으면 나의 아이들의 마음도 알 수가 없을 것 같았다.

육아서에서 많이 나오는 "그랬구나." 방법도 똑같이 해보았지만 시간이 지나면 바로 나의 육아 패턴대로 돌아왔다. 근본적인 내면 아이의 상처를 치유하지 않았기 때문이다. 엄마 자신의 감정을 치유하지 않은 채 껍데기 육아는 아무 소용이 없다는 걸 알게 됐다.

내 안의 아이와 대화를 나누는 일. 어른아이를 치유해 주는 일. 그건 바로 나를 다독여 주는 일이다.

네가 울 때 엄마가 달래주지 않아서 속상했지?

사랑받고 싶은데 사랑해주는 사람이 엄마가 아니라서 슬펐지?

엄마가 바빠서 그러셨대. 너에게 좋은 음식 예쁜 옷을 입혀주고 싶어서 그러셨대.

엄마도 남편 없이 장애 할머니까지 모셔야 하고 힘이 드셔서 너의 마음마저 알아주지 못하셨대.

이 험한 세상 잘 견뎌주고 잘 자라주어서 고마워. 앞으로 너를 많이 챙길게.

수고했어. 고생했어.

계속 나를 다독여 주었다. 나를 다독여주고 난 뒤 아이들에게 화내는 일이 줄어들기 시작했다. 내면 아이의 마음을 알아주고 나서 아이들 마음도 알아주고 싶어졌다. 정말 놀라운 것은 아이들에게 화를 내고 짜증내는 일이 조금씩 줄어들게 되었다. 욱하는 횟수도 줄어들었다. 아이들을 기다려주면 욱하지 않는데 참는다고 생각하니까 욱하는 것이다. 아이들은 호기심이 많고 마음이 느긋하다. 아이가 엄마 걸음에 맞춰가는 것이 아니라 엄마가 아이 걸음에 맞혀가야 한다. 어른 한 보폭을 가려면 아이는 뛰어야 한다. 엄마는 아이를 보지 않고 앞만 보며 걸어간다. 육아는 함께 아이 걸음에 맞추어 걸어가는 거라 생각한다.

조금 더 아이들에게 욱하는 엄마가 되지 않기 위해 아침마다 감사 일기를 쓰기 시작했다.

"오늘 하루도 화내지 않고 짜증 내지 않는 너그러운 엄마가 되겠습니다. 아이들과 행복한 하루를 보내겠습니다."라고 매일 적는다.

만일 아이들에게 매일 화낸다면 아침에 일어나 종이에 한 번 적어보자. 적는 것만으로 화를 내지 않을 수 있을까 의심이 들었지만 정말 평소보다 덜 욱하게 되었다.

진짜 엄마가 되다

아이가 4살 되던 해 남편과 아들만 시댁에 보냈다. 엄마와 하루도 떨어져 보내는 일이 처음이라 아이가 걱정되었다. 잘 있는지 확인 전화를 수시로 했다.

"규형이 잘 있어요?"

"혹시 엄마 보고 싶다고 울진 않아요?"

"제가 기차 타고 갈까요?"

"규형이가 엄마 안 찾고 잘 있다."

"무슨 애가 엄마 없다고 울지도 않니?"

"밥도 잘 먹고 잠도 더 잘 잔다."

어머님의 말씀에 순간 정말 다행이라는 마음과 서운한 마음이 온탕과 냉탕을 오가는 기분이었다. 나는 아이가 엄마 보고 싶다고 울고불고하길 바랐던 것일까.

첫째 아이가 태어나자 산후병 때문에 많이 안아주고 눈 맞추며 얘기도 많이 해주지 못했다. 병원에 다니느라 아이는 친정엄마 손에 키워졌다. 둘째의 임신으로 아이는 18개월에 어린이집에 갔다. 엄마의 부재가 너무 많아서 그런지 엄마와 떨어져 있어도 잘 지내는 것 같았다. 아이는 나보다 친정엄마를 엄마처럼 따랐고 나보다 아빠에게 더 안겼다. 둘 다 옆에 없을 땐 생존본능으로 어쩔 수 없이 나에게 안겼다.

아동심리학에서 아이가 출생한 뒤 1~3년까지를 안정적 애착 형성을 위해 엄마와의 관계가 중요하다고 했다. 이 시기에 아이의 행동을 민감하게 부모가 반응해 주지 않으면 불안정한 애착이 형성된다고 했다. 애착 육아의 학자인 영국 보울비는 아이의 자아가 형성되기 만 3세 전까지 애착이 형성되지 않으면 심리적인 불안과 공포가 생기고 안정적인 애착이 형성될 수 없다고 했다. 그렇게 중요한 애착 형성 시기를 나는 놓치고 말았다. 정말 시기를 놓치면 평생 아이와 애착을 형성할 수 없는 걸까.

나는 공부를 하기 시작했다. 아이의 행동엔 다 이유가 있을 거라 생각했다. 그것을 알기 위해 나는 보육교사 공부를 시작했다. 아이의 심리학 공부부터 행동심리학 공부까지 모두 배울 수 있었다. 내 아이를 알기 위해서 엄마가 노력해야 한다고 생각했다. 조금씩 아이의 감정을 읽어주고 소통하려고 애쓰기 시작했다. 가짜 엄마인 내가 조금씩 진짜 엄마가 되려고 발버둥 치고 있었다.

보육교사 실습을 할 때 돌도 안 된 아이들이 어린이집에 맡겨졌다. 현관에서 엄마를 찾으며 대성통곡을 하는 아이들이 많았다. 어린이집에 들어오는 순간 아이들은 울음을 뚝 그친다. 말 못 하는 아기들도 생존본능을 알고 있었다. 주 양육자가 엄마에서 어린이집 선생님으로 바뀌면서 아이들은 불안정한 성격을 가지게 된다. 우리 아이도 할머니와 어린이집 선생님이 주 양육자였다. 이 험한 세상을 보호해주고 지켜줄 사람이 엄마가 아니라는 사실이 얼마나 불안하고 두려웠을까.

실습하면서 나는 첫째 아이에게 미안한 생각이 들었다. 18개월에 어린이집을 보낸 것이 너무 미안했다. 아침마다 어린이집 가기 싫어서 문밖에서 울고불고했던 아이를 거머리 떼듯이 떼어내고 뒤돌아섰던 그 순간이 생각이 나서 눈물이 난다.

무늬만 엄마로 살아온 내가 이제 아이들을 위해 노력하지 않으면 안 될 것 같았다. 그때부터 나는 육아서를 읽기 시작했다. 이래라저래라 하는 박사분들이 쓴 육아서보다 현장에서 직접 아이들과 전투 육아를 한 육아 선배들이 쓴 육아서를 좋아했다. 육아 전선에서 벌어지는 에피소드들은 나에게 백 프로 공감으로 다가왔다. 자신들의 시행착오를 후배 육아 엄마들이 겪지 않도록 조언을 해주었다.

바보 엄마 김윤희 작가가 쓴 〈걱정 말아요 육아〉를 읽고 울고 웃었던 기억이 난다. 미친 육아의 터널에서 하루를 보내는 지친 엄마인 나에게 응원을 해주는 책이었다. 지친 엄마들에게 필요한 건 "그러면 안 된다." "그렇게 하면 아이를 망친다."라는 조언보다 "괜찮다. 괜찮다. 나도 그랬다." 이런 말을 해주는 육아서가 좋았다. 그렇다고 남편들이 집에 와서 "수고했어. 힘들지?"라고 말해주는 남편이 몇이나 될까. 엄마가 힘들다고 하면 엄마 자격이 안 되는 것 같아서 속 시원하게 털어놓지도 못했다. 그럴 땐 나에게 위로를 해주는 육아서는 나에게 큰 힘이 되고 있었다.

〈걱정 말아요 육아〉라는 책으로 공감과 위로를 받았다면 옥복녀 작가님의 〈가짜부모 진짜부모〉를 읽고 나서 가짜엄마에서 진짜엄마가 될 수 있는 전환점이 되었다. 옥복녀 작가님은 남편의 갑작스러운 사망으로 4살 난 딸아이와 세상에 던져져 5년 동안 삶을 포기했었지만 딸을 보며 가짜엄마로 살아온 자신이 스스로 진짜엄마로 사는 방법이 무엇인지 현재 가짜엄마로 살고 있는 나에게 위로와 공감을 책을 통해 알려주셨다.

가짜엄마는 하지 말라고 하는 건 아이가 하지 말아야 하는 소유물로 생각하는 엄마이다. 가짜엄마는 짜증나고 화가 나면 아이에게 화풀이하고 남편에게 못마땅한 것도 아이에게 화풀이하는 엄마이다. 가짜엄마는 아이가 울거나 떼쓸 때 왜 그런지 아이 마음을 들어주기보다 협박하거나 소리를 지르며 우는 상황부터 중단시키는 엄마이다. 전혀 아이의 감정은 알려고 하지 않고 울음소리가 듣기 싫은 엄마의 감정에만 충실한 엄마이다. 가짜엄마는 옆집 아이와 내 아이를 비교하며 아이의 자존감을 떨어뜨리는 엄마이다.

나는 가짜엄마와 진짜엄마를 왔다 갔다 하는 일관성 없는 엄마였다. 우리 아이들이 얼마나 혼란스럽고 힘들었을까. 아이 내면의 감정 주머니에 불만들이 계속 쌓여 가는 것도 모르고 아이가 이상행동과 말을 하면 그때서야 "내 잘못이야." "나 때문에 그래."라고 자책만 했지 바꾸려고 노력하지 않았다. 어쩌면 방법을 몰라서 일지도 모르겠다. 옥복녀 작가님은 진짜 부모가 되려면 아이들의 말을 잘 들어주고 끄덕여주라고 하셨다. 의사소통과 경청을 하고 공감을 해주면서 엄지를 들어 올려주라고 하셨다. 엄지 감동을 실천한 뒤로 아이들이 달라지기 시작했다. 지금 당장 아이의 행동의 칭찬과 함께 엄지를 올려보자. 아이의 말에 귀를 기울여 주자. 하루 5분이라도 아이와 눈을 마주치며 함께 대화를 나눠보자.

진짜 엄마가 되기 위해서 엄마가 행복해야 한다. 아이들은 부모의 등을 보고 자란다. 엄마의 표정만 봐도 아이들은 엄마가 행복한지 화가 났는지 금방 알아차린다.

"엄마! 왜 안 웃어?"

"엄마! 웃어봐."

아이가 가끔 나에게 이렇게 얘기할 때가 있다. 내가 웃지 않으면 아이들은 불안해한다. 아이는 엄마의 표정을 보며 자란다. 내가 행복해야 아이가 행복하다는 것을 나는 알게 되었다. 진짜 엄마가 되기 위해 엄마 자신부터 행복해지는 연습을 해야 한다. 아이를 행복하게 해주는 일이 엄마의 행복이라는 것을 나는 책을 통해 알게 되었다.

다시 진짜 엄마로 살아갈 수 있어서 다행이다.

아이들에게 놀이는 밥이다

우연히 마트에서 장을 보다가 1+1으로 세일 중인 두부가 눈에 들어왔다. 가격이 1000원이다. 두부를 장바구니에 담아왔다. 집에 와서 바닥에 비닐을 깔고 아이들에게 두부를 던져줬다. 반찬으로만 먹던 두부를 던져주니 아이들이 처음엔 이상해했다. 나는 아이들과 두부로 처음으로 엄마표 놀이를 시작했다. 아이들에게 손으로 으깨보게 하고 촉감을 느끼게 해주었다. 조금 맛을 보게 하면서 미각도 느끼게 해주었다. 아이들은 손가락 사이로 두부가 삐죽 나올 때마다 너무 좋아했다. 손으로 으깬 두부에 물감을 풀어 색깔을 입혀 두부 케이크를 만들어 보기도 했다. 고사리 같은 손에 물감이 묻고 지저분해져도 울거나 짜증내지 않고 재밌어했다. 두부 케이크 위에 초를 꽂아주고 생일축하 노래도 불러주었다. 1+1 두부 하나로 1시간 이상 아이들과 놀 수 있었다. 애착 형성을 어떻게 하면 회복할 수 있을까 고민하고 있었는데 아이들과의 놀이로 가능할 수 있을 거라고 생각했다.

나는 아이들을 처음부터 다시 키운다는 마음으로 놀이를 시작했다. 가랑비 옷 젖듯이 아이들에게 엄마의 사랑을 천천히 느끼게 해주고 싶었다. 아기였을 때 오감놀이나 신체놀이를 하면서 엄마와 애착 관계를 형성하면 더없이 좋겠지만 나처럼 시기를 놓쳤다고 실망할 필요는 없다. 내가 3년 동안 아이들과 놀이를 꾸준히 해오면서 경험해본 결과 시기는 중요하지 않다고 생각한다. 두부 퍼포먼스 놀이를 하고 난 후 아이들과 놀이한 내용들을 카카오 스토리에 올리기 시작했다. 생각하지도 못한 사람들의 반응에 더 놀랐다. 아이들과 먹는 음식을 가지고 놀아주는 것에 신기해했지만 대부분 놀이하고 나서 "저걸 어떻게 치웠어?" "나는 죽어도 못해."라고 하는 엄마들이 많았다. 하고는 싶지만 치울 걱정이 더 컸던 모양이다. 아이들과 놀아준 것뿐인데 나의 자존감까지 올라가고 있었다. 그 이후로 놀이에 탄력을 받기 시작했다. 국수와 라면을 삶아서 주고 오감 놀이와 미술놀이를 병행해주었다. 아이들도 노는 방법을 스스로 터득해나가고 있었다. 아이들은 국수에 빨간 물감을 풀어 비빔국수를 만들고 가위로 잘라서 접시에 담아주었다. 엄마에게 먹어보라고 하면 나는 먹는 시늉을 하면서 함께 놀이에 참여해주었다. 상대를 생각해주는 마음이 놀이를 통해서도 배울 수 있다는 걸 알게 됐다.

아이들이 3살, 4살 때부터 시작된 놀이가 이제 3년이 되어간다. 카카오스토리에 올리면서 사람들의 관심을 받고 인정을 받았지만 어딘가 모르게 불편한 마음이 생겼다. 내 스토리를 보는 엄마들 입장에서는 자기 아이들에게 해주지 못하는 미안함이 생겨 우울해질 수도 있겠다고 생각했다. 이런 생각을 가지게 된 건 친한 동생이 농담 식으로 던진 말 때문이었다.

"나, 언니 때문에 카카오스토리 안 하잖아."라고 농담 반 진담 반으로 말했을 때 나는 내가 좋아서 하는 일이 남들에게는 피해가 될 수 있다는 생각을 했다. 또 한 동생은 자기 남편이 내 카카오 스토리를 보고 배우라고 하면서 비교를 한 모양이다. 나에게 웃으면서 말을 했지만 자존심이 많이 상했을 것 같았다. 나는 그 뒤로 카카오스토리를 접고 블로그를 시작했다. 지인들이 아닌 한 번도 본 적이 없는 이웃들과 소통하기 시작했다. 대부분 이웃을 맺은 사람들은 엄마표 놀이를 하는 사람들이거나 엄마표 놀이에 관심이 있어 배우고 싶은 엄마들이었다. 서로 놀이 정보를 공유하기도 하고 서로의 놀이를 따라서 해보기도 했다. 나와 같은 생각을 하는 사람들과 온라인 소통은 긍정적인 자극과 열정을 자극시켰다.

남편은 처음에 블로그에 아이들 놀이를 올리는 것을 싫어했다. 모르는 사람들에게 사생활이 오픈된다고 생각해서였다. 오히려 나는 아는 사람들보다 모르는 사람들과 정보 공유하는 것이 더 좋다고 생각했다. 내가 하고 싶은 일에 태클을 거는 남편이 마음에 들지 않았다.

어느 날 블로그의 방문자 수가 천 명이 넘어가서 무슨 일인가 했더니 나의 놀이가 네이버 메인에 뜬 것이었다. 친구들이 그것을 보고 대단하다며 축하를 해주었다. 자기 친구가 네이버 메인에 나온다고 자랑도 하고 다닌다고 했다. 남편은 그 이후로 나에게 한 번도 태클을 건 적이 없었다. 오히려 나보다 나의 블로그에 더 관심을 가졌다. 아이들과 노는 것이 좋았다. 아이들과 놀이한 땐 아이들뿐 아니라 나도 행복했다. 나는 가짜 놀이가 아닌 아이들 눈높이에 맞춰서 놀아주는 진짜 놀이를 해줬다.

가짜놀이는 즐거움이 없는 놀이이고 부모가 이끌어가는 놀이이다. 이런 놀이는 아이들이 금방 싫증을 느끼고 좋아하지 않는다. 아이들이 주도가 돼서 이끌어가는 놀이가 되어야 한다. 나는 빈 상자나 휴지 심. 그리고 계란 판. 우유

각은 잘 버리지 않는다. 재활용품 놀이를 좋아하기 때문이다. 쓰레기통에 버려지는 재활용품들이 작품으로 탄생될 때의 기쁨은 이루 말할 수 없다. 빈 상자로 아이들과 어떤 놀이를 해야할 지 계획을 짠다. 막상 아이들과 놀이를 하다 보면 내 생각과 다른 방향으로 흘러갈 때가 많다. 아이가 엄마를 주도하고 이끌어 가는 걸 느낄 때가 많았다.

빈 상자를 주면서 "이 상자로 무엇을 만들면 좋을까?"라고 말을 해주었다. 첫째 아이는 옷장을 만들기 시작했고 둘째 아이는 냉장고를 만들기 시작했다. 자신들이 어떻게 만들지 머릿속에 구상을 다 끝낸 상태였다. 엄마는 옆에서 조력자 역할만 해주면 된다.

나는 시골에서 자랐다. 어린 시절 나의 장난감은 자연이었다. 매일 흙과 돌멩이를 가지고 놀고 논밭을 뛰어다니며 놀았다. 해가 뜨면 나갔다가 해가 지면 엄마의 밥 먹으라는 소리에 집에 들어갔던 기억이 난다. 오빠가 있어서 구슬치기, 딱지치기, 말타기, 도둑잡기 놀이를 좋아했다. 코딱지만한 동네에서 골목대장을 하며 아이들과 나무로 칼싸움도 하며 유년시절을 보냈다.

자연에서 노는 아이들은 자존감이 높고 정서적으로 안정되어 스트레스에 노출이 되지 않는다고 한다.

요즘 아이들은 실내에서 정적인 놀이를 많이 한다. 그뿐만 아니라 아파트에 살다 보니 조금만 뛰어도 뛰지 말라고 한다. 놀이터에는 뛰어노는 아이들이 많지 않다. 학교 수업이 끝나면 바로 학원 가방을 매야 한다. 아이들에게 밥은 놀이이다. 나는 우리 아이들에게 공부 밥보다는 놀이라는 밥을 더 먹여주고 싶다. 일상이 놀이가 될 수 있도록 나는 아이들이 심심할 틈을 주지 않는다. 늦은 저녁 놀이터에 나갈 수 없을 땐 집에서 아이들과 숨바꼭질을 한다. 장롱과 이

불 속에도 숨고 커튼 뒤에도 숨는다. 보이는 곳에 숨고 찾으라는 아이들을 보면 귀여워서 웃음만 나온다.

나는 아이들이 자연 속에서 흙을 만지며 놀게 하고 싶었다. 주말마다 물놀이장이나 놀이동산을 가는 것도 좋지만 우리는 캠핑을 선택했다. 자연이 놀이터라고 생각할 수 있게 해주고 싶었다. 아이들과 꽃과 나무를 함께 보고 흙을 만지고 놀았다. 여름에는 물놀이장이 아닌 개울가에서 송사리도 잡고 고둥도 잡았다. 아이들에게 이런 자연 놀이를 경험하게 해주고 싶었다.

청정 자연 속에서 텐트를 치고 모닥불에 옹기종기 앉아서 아이들과 대화하는 시간이야말로 최고의 교육이라고 생각한다.

아이들과 함께 놀았던 시간이 쌓이다 보니 눈에 보이는 변화가 생기기 시작했다. 아이들의 창의력과 사고력이 확장되는 것은 기본이고 제일 큰 변화는 엄마에 대한 사랑이 커지고 있었다. 엄마가 없어도 찾지 않았던 불안정한 애착을 가졌던 우리 아이들이 이제는 엄마가 최고라고 엄지를 올려준다. 이 세상에서 엄마를 제일 사랑한다고 말해준다. 나는 놀이만이 정답이라고 생각한다. 아이들이 크면 부모랑 놀기 싫어한다고 한다. 실제로 부모와 놀기 싫어하는 아이들은 없다. 아이와 애착의 끈을 놓지 않고 싶다면 지금 당장 아이들과 작은 놀이부터 시작해보자. 아이들의 손을 잡고 밖으로 나가보자. 절대 늦지 않았다.

제4장
운명은 나의 편이 아니었다

잔병 많은 아이들

　회사 다닐 때 월요일이 너무 싫었다. 직장 다니는 사람들은 어떤 기분인지 알 거라 생각한다. 휴일이 끝나면 기분이 우울해지고 일하기 싫은 월요병이 찾아온다. 아마 일요일 저녁부터 스멀스멀 올라오기 시작할 것이다. 회사를 퇴사하고 가정주부로 지낸 지 7년이 되었다. 지금은 월요일이 너무 좋다. 물먹은 솜뭉치처럼 무거웠던 일상이 다시 가벼워지기 시작한다. 월요일이 되면 둘 다 어린이집에 가기 때문이다. 월요일부터 자유부인이 된다는 생각에 일요일 밤부터 기분이 좋아지기 시작한다.

　아이들을 등원시키고 집에 돌아오면 폭탄의 잔해가 된 집을 치우고 아침 겸 점심인 아점을 먹는다. 결혼 전에는 혼자 밥 먹는 것이 싫었지만 이제는 혼자 있는 시간이 너무 좋다. 아이들이 집에 오면 5분에 한 번씩 '엄마'를 불러대기 때문이다. 아무도 나를 찾지도 부르지 않는 시간이 너무 좋았다. 이제 아이들이 어린이집을 다니고 나도 이제 군대 전투 육아에서 병장 뱃지를 다는 순간이 오는 것 같았다. 얼마나 기다렸던 순간인지 모른다. 아이들이 어린이집을 가기 전에는 항상 피곤하고 지친 하루하루를 보냈다.

아이들은 꼭 업어야 잠을 잤다. 첫째 아이는 시골 할머니네 갔다 오고 나서 부터 업지 않으면 절대자지 않았다. 신생아 때도 밤에 수시로 깨서 힘들게 했다. 4살 때까지 수시로 깼다. 거기에 둘째 아이까지 낮과 밤이 바뀌어서 나는 24시간 풀가동되는 기계나 다름없었다. 매일 다크 써클은 배꼽까지 내려와 있었고 눈은 항상 퀭했다. 남편은 출근해야 해서 한 방에서 잘 수가 없었다. 번갈아가면서 우는 아이들을 달래다 보면 날이 새는 날이 많았다. 한번은 안방에 첫째 아이를 재우고 둘째는 거실에 재웠다. 서로 우는 소리에 깨서 같이 재울수가 없었다. 나는 밤새 안방과 거실을 왔다 갔다 하며 아이들을 재웠다. 밤이 오는 것이 무서웠고 너무 괴로웠다.

그때 아이가 어디가 불편한지 어디가 아픈지 살펴야 했는데 너무 졸리고 힘들어서 그런 생각을 하지 못했다. 우는 아이를 달래도 소용없었다. 우는 아이에게 화를 내기도 했다. 매일 밤 이런 곤욕을 치르다간 죽을 것 같았다. 아이를 데리고 한의원을 가서 침도 맞추고 한약도 먹여 보았지만 효과를 보지 못했다. 첫째 아이는 4살이 되면서 통잠을 잤지만 둘째는 계속 잠을 못 잤다. 큰 병원에 가보니 둘째 아이가 야경증이라고 했다.

소아 야경증이란 아이가 잠을 못 자거나 자주 깨서 자지러지게 우는 수면장애이다. 아이만 잠을 못 자는 것이 아니라 엄마도 잠을 잘 수가 없다. 시간이 지나면 소아 야경증은 좋아진다고 했다. 나는 시간이 지날 때까지 기다릴 수가 없었다. 지옥 같은 하루에서 빨리 벗어나고 싶었다. 3살 된 둘째 아이를 데리고 안 가본 한의원이 없을 정도였다. 매일 잠을 못 자서 예민해지고 신경이 날카

로워졌다. 별것도 아닌 일에 화를 내고 아이들과 남편에게 짜증을 냈다. 육아는 아이들이 통 잠만 자주면 그렇게 많이 힘들지 않을 거라 생각했다. 5년 동안 눈을 떴을 때 아침을 맞아본 적이 없었다.

아이들이 아프지 않고 아무 일 없이 커 주기를 바라는 마음이 부모 마음이다. 아이들이 감기라도 걸리기라도 하면 기침 소리에 잠을 설친다. 열이 나면 밤새 젖은 수건을 올려주는 것이 우리 엄마 마음이다. 건강하게만 자라만 주면 바랄 것이 없다고 생각했다. 우리 아이들은 면역력이 약해서 자주 아팠다. 한 달에 한 번은 꼭 소아과를 갈 정도였다. 병원을 내 집처럼 드나들었다. 입원 가방을 싸고 정리도 하지 않을 정도로 많은 시간을 병원에서 보냈다. 아이들이 아프면 건강하게 낳아주지 못해서 미안했다.

첫째 아이가 5살 때부터 눈을 깜박이기 시작했다. 아이가 틱은 아닐까 걱정했지만 아이를 믿어보기로 했다. 혹시 눈 문제일까 생각해서 안과를 다녔지만 한 달 이상 증상이 나아지지 않았다. 정말 틱인가? 걱정하고 불안해하고 있을 때 유명한 안과의사의 말 한마디에 모든 걱정이 사라졌다. 아이가 결막 쪽에 알레르기가 있다는 것이었다. 간지러워서 자꾸 눈을 깜박이는 것이니까 걱정하지 말라고 하였다. 내가 너무 혼을 내서 심리적으로 스트레스를 받아서 그런 건 아닌지 자책을 하기도 했다. 아이가 깜박이는 것에 대해서 지적하면 아이는 더 깜박였다.

내 아이가 눈을 깜박인다면 우선 치료를 위한 검사가 필요하다. 우리 아이처럼 안과 문제일 수 있지만 감기나 비염일 경우도 깜박일 수 있다고 한다. 감기나 비염으로 콧속이 붓게 되면 콧물이 흐르지 않고 눈으로 역류할 수 있다고 한다. 지속적인 치료에도 불구하고 호전되지 않는다면 심리적인 검사를 해봐야 한다. 아이가 스트레스에 많이 노출되면 불안 증상으로 깜박일 수 있고 TV나 스마트폰에 노출돼도 눈이 건조해서 깜박일 수 있다. 중요한 것은 아이의 행동에 부모는 인내와 믿음이 필요하다. 내 아이를 믿어주고 기다려주는 것이 필요하다.

한번은 우연히 알게 된 동네 엄마와 함께 밥을 먹을 기회가 있었다. 그 엄마는 우리 아이가 자꾸 눈을 깜박이니 이상하게 쳐다보는 것 같았다. 그리고 며칠 뒤 전화가 왔다.

"언니, 규형이가 왜 눈을 깜박여?"

대뜸 이런 소리를 했다.

"내가 잘 아는 심리 놀이 치료하시는 분이 있는데 필요하면 소개시켜줄게."

"규형이는 눈 알레르기 때문에 그런 거라서 필요 없을 것 같아. 걱정해줘서 고마워."

이렇게 말은 했지만 기분은 좋지 않았다. 나는 아이를 믿고 기다리고 있는데 주변 사람들이 엄마인 나보다 더 걱정이다. 아이가 다 나을 때까지 나는 사람들을 만나지 않았다. 아이가 스트레스를 받을 것 같았다. 시간이 다소 걸렸지만 아이는 다시 정상으로 돌아왔다. 환절기가 되면 또 깜박이기는 하지만 금세 없어진다.

아이를 키우다 보면 엄마는 반 의사가 된다. 아이가 아프기 시작하면 책과 인터넷을 찾아가며 정보를 수집한다. 병원에 가서 의사에게 병명을 먼저 듣기보다 병명을 의사에게 알려주기도 한다.

"우리 아이가 목이 부어서 열이 나는 것 같아요. 편도염 같아요."

"우리 아이가 설사하고 토를 하는데 장염인 것 같아요."

"항생제랑 해열제도 같이 처방해주세요."라고 처방까지 내린다. 약도 무슨 약을 먹여야 할지도 다 안다. 나는 병원에 자주 다녀서 약의 이름과 효능까지 알 정도였다. 나의 전투 육아는 아이가 잠을 못하고 아이들이 감기나 잔병치레를 자주 해서 더 지치고 힘들었다. 다른 아이들은 감기 한번 잘 안 걸리고 잘만 크는 것 같은데 우리 아이들만 아픈 것 같았다. 아이들을 다 키운 엄마들은 아이가 좀 크면 잘 아프지 않다고 했다. 정말 아이가 6살 정도가 되면서 아픈 횟수가 적어지고 아프더라고 금세 나았다.

아이들이 아파서 힘들 때마다 빨리 크기만을 바랐다. 아이를 다 키워 즐기는 엄마들을 보면 한없이 부러웠다. 잠만 푹 자도 소원이 없었다. 병원 입원만 안 해도 살 수 있을 것 같았다.

며칠 전 마트에서 장을 보고 집에 오는데 8층 아줌마랑 마주쳤다. 50대 중반쯤 보였다.

"아이들은 어디 갔어요?"

"유치원에 갔어요."

"많이 사랑해 주세요. 지금 생각해 보니까 어릴 때가 제일 예쁜 것 같아요."

"저는 빨리 컸으면 좋겠어요. 힘들어요."

"나도 빨리 크길 바랐는데 막상 크니까 하나도 귀엽지 않고 말도 안 들어요."

오히려 나를 더 부러워하셨다.

나도 50대 중후반쯤 되면 힘들게만 느껴졌던 육아가 그리워질까? 미쳐버릴 거 같은 육아가 정말 다시 돌아오길 바라는 날이 올까?

끝이 보이지 않을 것 같은 육아도 언젠가 아이들이 크면서 끝이 날것이다. 그때가 되면 엄마를 밥 먹듯이 부르던 아이들이 나보다 친구들의 이름을 더 부르게 될 것이다. 나중에 후회하지 않으려면 지금 이 순간 아이들을 많이 안아주고 사랑해주자.

청천벽력 같은 내 아이의 병

유치원에서 한 달에 한 번 식단표를 보내준다. 점심과 간식이 무엇이 제공되는지 알려준다. 집에서 내가 해주는 반찬보다 더 영양가 있는 음식들이어서 안심하고 보낼 수 있다. 간식은 주로 우유나 빵이 나오고 가끔 떡이 나온다. 나는 유치원이나 어린이집에서 떡을 주는 것을 별로 좋아하지 않는다. 뉴스에서 떡이 목에 걸려 아이들이 숨진 사건도 있었기 때문에 항상 불안하다. 떡이 나오는 날이면 아침부터 아이들에게 귀에 못이 박이도록 얘기를 해준다.

"오늘은 간식이 떡이 나온대."

"엄마가 떡 먹을 때 어떻게 먹으라고 했지?"

"한꺼번에 먹지 말고 잘라서 꼭꼭 씹어서 먹으라고 했어요."

아이들은 자동으로 대답한다. 내가 이렇게 떡에 예민하게 반응하는 이유가 또 있다.

아이들 때문에 잠을 자지 못해도 아이들이 어린이집을 보내고 나면 낮에 잘 수가 있었다. 4시 30분쯤 하원을 하니 자유 시간이 많았다. 우울함의 끝을 달리던 내 얼굴이 환해지기 시작했다.

다들 "이제 다 키웠네."라고 말하며 나를 부러워하기까지 했다. 아이들이 어린이집을 가면 뭘 배우면서 살까 행복한 고민에 빠지게 되었다. 그동안 정말 녹록치 않았던 육아가 이제 드디어 끝났다고 생각을 했다. 새 학기가 시작되고 아이들은 천천히 어린이집에 적응해가고 있었다. 4시 반이 되면 아이들을 데리러 가야 했다. 그날따라 요리 수업이 늦게 끝나는 바람에 5시쯤 데리러 갔다. 종종 아이들이 하원 하면 함께 미술놀이를 했다. 그날도 스케치북과 크레파스를 찾고 있던 중이었다.

갑자기 '쿵' 하는 소리가 등 뒤에서 들려왔다. 둘째 아이가 거실 바닥에 엎드려서 누워 있었다. 순간 너무 놀라서 아이의 어깨를 손으로 돌렸다. 아이는 딱딱하게 굳어 있었다. 사지가 꼬이고 눈이 한쪽으로 돌아간 체 꼼짝도 하지 않고 누워 있었다. 순간 아이의 심장이 멈춰서 죽은 줄만 알았다. 도대체 이 아이가 갑자기 왜 이러는지 생각할 겨를조차 없었다. 응급상황에 119를 부를 생각도 하지 못했다. 내가 119를 부르는 시간에 아이의 호흡이 끊어질 것만 같았다. 아이를 흔들고 뺨을 때려도 아이는 숨소리조차 내지 않고 굳어 있었다. 아이를 살려야 한다는 생각밖에 들지 않았다. 한 번도 해보지 않았던 인공호흡을 하기 시작했고 한 번도 해보지 않은 심폐소생술을 하기 시작했다. 그 시간이 너무나 길고 지옥처럼 느껴졌다. 계속해서 인공호흡을 하고 나니 아이가 갑자기 거품을 물며 입으로 호흡하고 있었다. 나는 아이를 따뜻한 이불로 감싸고 다리를 주물러 주었다. 너무 놀라서 눈물조차 나지 않았다. 아이를 눕히고 남편에게 전화했다. 119를 불러서 대학병원에 가라고 했다. 그때서야 눈물이 봇물 터지듯 나오기 시작했다. 119 구급차가 도착해서 상황을 설명한 뒤 우리는 대학

병원에 도착했다. 응급실에 가면 의사들은 질문을 많이 한다. 인턴의사들의 질문이 끝나면 또 다른 의사가 와서 계속 물어본다. 링거를 한 대 맞으려면 1시간 이상 걸리는 게 대학병원이다. 사람이 죽게 생겨도 컴퓨터에 기록해야 하는 것이 중요한 사람들처럼 느껴졌다. 소아과 의사가 오더니 우리 아이가 경끼를 한 것이라고 했다. 또 한 번 경끼를 하면 검사를 해봐야 한다고 했다. 아이에게 왜 이런 일이 생긴 건지 도무지 알 수가 없었다. 어린이집을 갔다 와서 바로 쓰러진 거라 나는 어린이집에 전화를 걸었다

"선생님, 민주가 지금 병원에 있어요. 갑자기 경끼를 했어요. 혹시 어린이집에서 무슨 일 있었나요?"

선생님께서는 간식으로 떡이 나왔는데 급하게 먹었다고 하셨다. 아이가 체하게 되면 혈이 막혀서 뇌에 산소공급이 적어지고 순간 경끼를 한다고 들었다. 나는 아이가 떡을 급하게 먹었다고 하길래 체해서 그런 거라고 생각했다. 아이가 떡을 먹을 때 제대로 봐주지 않은 선생님이 원망스럽기만 했다. 그후로 어린이집을 퇴소하고 아가씨가 일하고 있는 옆 단지 어린이집으로 옮겼다. 아이가 쓰러지던 날 그 장면들이 잊혀지기까지 시간이 오래 걸렸다. 쿵 하는 소리. 그리고 아이의 표정이 계속 머릿속에서 떠나지 않았다. 매일 그 생각만 하면 눈물이 났다. 혼자 감당하기에 너무 무서웠다. 남편은 보지 않았기 때문에 나처럼 크게 우울해하지 않았다. 남편은 또다시 하지 않을 거라며 대수롭지 않게 여겼지만 나는 너무 힘든 시간을 보냈다.

나는 경끼치료를 잘한다는 한의원을 찾아 아이를 데리고 다녔다. 어른도 맡기 힘든 대침을 3살 아이에게 머리부터 발끝까지 찔러댔다. 경끼치료 하러 갔다가 대침보고 놀래서 더 경끼하는 건 아닌가 생각이 들었다. 안쓰러웠지만 아이가 두 번 다시 경끼하지 않기를 바랐다.

3개월이 지나고 그 일이 잊혀지기 시작했다. 정신적인 휴식이 필요한 나를 위해 남편은 캠핑을 가자고 했다. 아침에 일어나 간단히 빵을 먹고 캠핑장에 갔다. 텐트를 칠 동안 아이들은 돗자리에 앉아서 놀고 있었다. 둘째 아이는 개미. 파리를 보고 소리를 지르기 시작했다. 무섭다고 소리를 질렀다. 캠핑이 처음인 아이에게 낯설고 불안할 거라고 생각하지 못했다. 텐트를 치느라 점심시간을 조금 넘겼다. 빨리 텐트를 치고 점심을 주려고 했다. 둘째 아이가 텐트 치는 걸 거들겠다며 아빠에게 가는 순간 갑자기 아이가 뒤로 넘어갔다.

'쿵' 하는 소리에 놀라 나는 달려갔다. 또 아이가 경련하고 있었다. 다시는 안 할 거라고 생각했는데 순간 하늘이 무너지는 것만 같았다. 한번 경험이 있어서 조금은 침착할 수 있었다. 경련할 때 기도가 막힐 수 있으니까 옆으로 돌려주어야 한다. 아이의 거친 숨소리와 온몸을 떠는 모습을 지켜보는 시간이 너무나 길게 느껴졌다. 작은 체구의 아이가 온몸을 짜내고 나서야 울기 시작했다. 아이의 고통을 덜어줄 수 없어서 미안했다. 내가 할 수 있는 건 몸을 옆으로 돌려주는 것과 경련이 끝나길 기다리는 것 뿐이었다.

왜 나에게 이런 일이 생기는 걸까.

왜 아이에게 이런 일이 생기는 걸까.

신이 또 심심하신 걸까.

한 번 더 경기를 하게 되면 병원에 와서 뇌파검사를 해야 한다고 했다. 뇌파검사는 두피에 전극을 붙여서 뇌의 전기적 활동을 기록하는 검사로 간질 진단을 하는데 시행된다. 경끼가 간질일 수 있다니 온통 머릿속이 백지상태가 되었다. 뇌파검사에서 아이가 아무 문제가 없기만을 기도했다. 며칠 뒤 병원에서 연락이 왔다.

"아이 뇌에서 간질파가 발견됐습니다."

청천벽력 같은 소식에 폭풍 같은 눈물을 쏟아내며 오열하기 시작했다. 믿을 수가 없었다.

내 아이가 간질이라니.

왜 내 아이가 이런 병에 걸린 건지 받아들일 수가 없었다.

병원에서는 약을 먹어야 한다고 했다. 항경련제를 먹지 않으면 다시 재발하고 뇌가 더 손상을 입을 수 있다고 했다. 나는 양약에 대한 불신을 가지고 있는 사람이었다. 양약보다는 한방에 신뢰를 더 많이 가지고 있었다. 매일 항경련제의 치료 성공 후기와 부작용에 대해 검색을 하며 밤을 지새웠다. 항경련제는 치료제가 아니라 경련 억제 효과만 있다고 했다. 치료는 되지 않고 부작용인 인지장애와 발달 장애를 일으킨다고 했다. 이런 얘기는 한방에서 하는 얘기이다. 양방에서는 뇌의 문제이기 때문에 한약과 침으로 절대 치료할 수 없으며 빨리 치료하지 않으면 경련할 때마다 뇌 손상이 된다고 했다. 이런 얘기는 양방에서 하는 얘기이다. 나는 양방으로 치료할 것인가. 한방으로 치료할 것인가 고민을 했다. 아이의 병을 부작용 없이 치료해주고 싶었다. 어느 부모가 발달 장애와 인지장애가 생긴다는 말을 듣고 항경련제를 선택할 수 있겠는가.

나는 한약 치료와 침 치료를 하기로 결정했다. 아이가 반드시 이겨낼 수 있다고 믿었고 아이의 병이 완치될 거라고 믿었다. 내가 아이의 병을 꼭 고칠 거라고 자신했다. 절망하고 좌절할 시간이 없었다.

나는 아이 병을 치료하기 위해 가만히 손 놓고 있을 시간이 없었다.

그렇게 나에게 또 절망의 시간이 찾아왔다.

내 아이를 위해 미친 듯이 뛰다

지난해 7월 해운대에서 많은 사상자를 낸 교통사고가 발생했다. 이 사고는 뇌전증 환자가 약을 복용하지 않아서 의식을 잃어 발생한 사고라는 주장이 제기되었다. 이 사건으로 뇌전증에 대한 선입견이 확대되었다. 사회적 부정적인 인식 때문에 간질이라는 용어가 뇌전증으로 바뀌었지만 아직까지 사람들은 많은 편견을 가지고 바라본다. 뇌전증은 불치병이 아니다. 쉽게 낫지 않지만 나을 수 있는 난치병이다. 이런 부정적인 사회인식 때문에 뇌전증 환자들이 자신의 병을 숨기고 음지에서 숨어 지내고 있다. 치료하면 나을 수 있는데 치료 시기를 놓치고 병을 더 키우는 경우가 많다. 뉴스를 보면서 남일 같지 않다고 생각했다. 뇌전증을 앓고 있는 아이 엄마로서 내 아이가 앞으로 이 사회에서 어떻게 살아갈지 막막한 생각이 들었다.

사람들의 입에 오르내리는 것이 싫어서 나는 아이의 병을 숨겼다. 아이를 선입견을 가지고 바라볼까봐 말하지 않았다. 어린이집 선생님께만 말씀을 드렸다. 혹시나 내가 없는 곳에서 아이가 쓰러졌을 때 당황하지 않고 응급조치를 해주셔야 하기 때문이었다. 아이는 체력이 떨어지거나 체했거나 장염에 걸릴 때 주로 경끼을 했다. 아플 때만 경끼을 하기 때문에 아이를 아프게 하지 말아야 했다. 아프게만 하지 않으면 된다고 생각했는데 그게 쉬운 일은 아니었다. 어린이집에서 많은 아이들과 함께 생활하기 때문에 감기, 장염, 수족구병에 쉽게 노출되어 졌다. 우리 아이들은 워낙 면역력이 약해서 아픈 아이들 옆에만 스쳐 지나가도 병균들이 우리 아이들 몸으로 갈아타서 잠복한다. 첫째가 아프면 바로 둘째까지 아프다. 병원을 밥 먹듯이 다니다보니 병원에서 VIP 고객이 될 정도였다.

아이가 잘 체하고 손발이 워낙 차서 매일 아침마다 무를 갈아서 압력밥솥에 밥을 했다. 보온밥통에 도시락을 싸서 어린이집에 함께 보냈다. 무가 천연소화제라고 들어서 매일 아침 무를 갈아댔다. 손발이 차가워지면 어린이집 가기 전에 족욕을 시켜 주었다. 너무 약해서 자주 넘어지는 아이를 매일 안고 다녔다. 그렇게 아무 일 없이 3개월이 지났다. 아이가 좋아지고 있고 낫고 있다고 믿었다. 다시는 내 앞에서 경련하지 않을 거라고 생각했다.

추석 명절이 되면 시댁에 가야 했다. 포항이기 때문에 3시간 정도 걸린다. 아이의 체력 때문에 기차를 타고 내려갔다. 혹시라도 아이가 힘들어할까봐 가는 내내 불안했다. 제사를 지내고 아이들과 밤을 따고 집으로 가는데 아이가 힘들어했다. 집에 도착해서 밥을 먹이는데 아이가 밥을 입에 문 채 바닥으로 '쿵' 하며 쓰러졌다. 나는 너무 놀라서 가족들을 불렀다. 아이 입에 밥을 빼야 했는데 이빨을 꽉 다물고 있어서 벌릴 수가 없었다. 얼마나 온힘을 다해서 힘을 주고 있는 건지 아이가 너무나 안쓰러웠다.

　1분 정도 지나자 아이의 몸이 풀렸다. 온 근육들이 굳었다가 풀어져서 몸이 많이 아팠을 것이다. 아이는 힘이든지 울다 잠이 들었다. 처음도 아닌데 항상 볼 때마다 무섭고 고통스러웠다. 아이가 깨어나면 아무 일 없었던 것처럼 웃어주기를 기다리고 있었다. 그런데 아이는 자면서 또 경련하기 시작했다. 그동안 한 번만 하고 두 번 연속하지 않았는데 이날은 연속적으로 하기 시작했다. 아이가 잘 못 될 것만 같았다. 바로 아이를 안고 응급실로 달려갔다. 한 번도 아니고 연달아 세 번을 하니 너무 무서웠다. 응급실에서 링거를 맞고 경련을 멈추는 주사를 맞았다. 이 사건이 있고 나서 나는 명절 트라우마가 생겼다. 아이를 데리고 장거리 여행은 할 수가 없었다.

　이제 더 이상 지켜볼 수가 없었다. 인터넷을 뒤져서 뇌전증 치료로 유명한 한의원을 찾게 되었다. 지푸라기라도 잡는 심정으로 아이를 데리고 대구로 가는 기차를 탔다. 아이를 안고 초행길인 대구에 있는 유명한 한의원을 찾아갔다. 기차 안에서 샌드위치를 먹고 대구 역에서 내려 택시를 타고 병원에 도착했다. 약을 꾸준히 먹고 침 치료를 하면 나을 수 있다는 의사의 말의 희망이 생겼다. 약값이 너무 비쌌지만 빚을 내서라도 약을 먹여야 했다. 아이 병만 고칠 수만 있다면 무슨 짓이든 해야 했다. 아이를 종일 안고 있어서 너무 힘들었지만 아이가 나을 수 있다는 희망 때문에 행복했다. 대전으로 내려가는 기차 안에서 갑자기 아이의 얼굴이 하얗게 변하기 시작했다. 갑자기 아이가 내 품에 안겨서 떨기 시작했다. 아이가 다시 경련하면 인중 부위와 손발을 따라고 했던 의사 말이 생각이 났다. 재빠르게 가방에서 수지침을 꺼냈다. 그 좁은 의자에서 아이의 손발을 따기 시작했다.

　"아이가 왜 그래요?"

"아이가 아파서 그러는데 옆자리로 옮겨주시면 안 될까요?" 옆 좌석에 앉아 계시던 할아버지께 양해를 구했다. 아이의 손발을 따자마자 평소보다 빨리 몸이 풀리는 것 같았다. 아이를 따뜻하게 안고 괜찮다며 안심을 시켜주었다. 혼자 감당하기에 너무 무서웠지만 아이가 빨리 깨어나서 감사했다. 빨리 집에 가서 쉬어야겠다는 생각밖에 없었다. 너무나 지친 하루에 몸이 천근만근이 되었다. 집 앞 주차장에서 아이가 갑자기 배가 아프다며 병원에 가자고 했다. 어린 아이가 병원에 가서 주사를 맞아야 한다고 할 정도면 정말 많이 아픈 거라고 생각했다. 다시 차를 끌고 집 앞 소아과를 갔다. 아침에 먹은 샌드위치 때문에 체한건지 아이는 토를 하기 시작했다. 링거를 맞고 잠든 아이를 보자마자 눈물이 쏟아졌다. 내가 우는 소리에 아이가 혹시라도 깰까 봐 소리 내서 울 수도 없었다. 나는 마음대로 울 수도 없는 엄마였다.

대구를 가지 않았다면 기차에서 경련하지 않았을 텐데.

내가 아침에 샌드위치를 안 먹였으면 아프지 않았을 텐데.

내가 건강하게만 낳아줬어도 아프지 않았을 텐데.

계속 자책하며 나를 힘들게 했다. 스스로 고문하고 있었다.

지금까지 아이의 경련하는 빈도와 내용을 분석해보니 3개월에 한 번씩 했고 장염 걸릴 때나 체력소모가 많은 날 경련을 했다. 최대한 그것만 조심하자고 생각하고 비싼 한약을 먹이며 치료를 시작했다. 다시 아무 일 없이 3개월을 무사히 잘 넘기고 4개월을 지나려고 할 때 아이가 독감에 걸렸다. 남편이 독감에 걸려서 아이에게 옮긴 것이다. 독감에 걸렸지만 다행히도 아이는 크게 아프지 않고 잘 버텨주었다. 의사는 독감약을 계속 먹여야 한다고 했다. 독한 감기약으로 아이가 힘들어 했지만 경련 없이 잘 지나가 주어서 너무 감사했다. 한약을 먹여서 경련을 하지 않는 거라고 굳게 믿었다. 아이들을 돌보느라 너무 힘들어서 피로를 풀기 위해 아이와 목욕탕에 갔다. 그날따라 눈이 내리고 있었다. 엄마랑 목욕탕을 가서 노는 것을 아이는 참 좋아했다. 그날은 아이가 그만 집에 가고 싶다고 말했다. 나는 느낌이 이상해서 아이를 데리고 목욕탕 밖으로 나왔다. 옷장에서 옷을 꺼내려고 하는 순간 아이가 바닥에 '쿵' 하고 쓰러졌다. 옷 하나 걸치지 않고 차가운 바닥에 떨고 있는 아이를 보자마자 나는 얼른 가방에서 수지침을 꺼냈다. 손이 떨려서 침이 빠지지 않았다. 침이 손을 찔렀는데도 아프다는 생각조차 들지 않았다. 차가운 바닥에 천장을 바라보며 떨고 있는 내 아이만 보일 뿐이었다. 옆에서 사람들은 구급차를 부르라고 했다. 나는 괜찮다고 하면서 아이를 안고 "괜찮아, 민주야. 괜찮아, 민주야. 엄마가 옆에 있잖아" 계속 귓속말을 해주었다. 의식이 없었지만 꼭 아이가 내 말을 듣고 있다고 믿었다. 아이가 깨어나서 울기 시작했다.

"아이고, 아기엄마가 침착하고 참 잘하네."

"엄마가 대단하네."

보고 있던 사람들이 한마디씩 던졌다. 나는 정신없이 옷을 입고 아이를 안고 밖으로 나왔다. 밖에는 눈 많이 내리고 있었다. 머리도 다 말리지 못해서 머리카락이 꽁꽁 얼어붙었다. 내 모습이 어찌 됐건 나는 아이만 생각했다. 차에서 잠이 든 아이를 바라보며 하염없이 눈물을 흘렸다. 눈에 눈물이 가득 차서 앞이 보이지 않았다.

"목욕탕만 오지 않았더라면 경련하지 않았을 텐데."

혼자 또 자책하기 시작했다. 내가 아이를 아프게 하고 있다고 생각했다. 비싼 한약을 먹었는데도 아이가 경련을 했다. 기대가 커서인지 실망이 너무나 컸다. 점점 자신이 없어지고 우울함이 극에 달했다. 내가 아무리 노력해도 안 되는 것이 있다고 생각했다. 그 이후로 계속 아이는 한약을 먹어도 한 달에 한 번씩 경련을 지속적으로 했다. 돈은 돈대로 날리고 아이는 아이대로 아파했다. 다시 대학병원으로 갔다. 그동안 아이에게 있었던 일들을 얘기했더니 빨리 약을 먹이지 않으면 더 심해질 거라고 했다. 치료 시기를 놓치면 나중에 고칠 수 없을지도 모른다고 했다. 약을 정말 먹이고 싶지 않았다. 아이가 바보가 될 것만 같아서 두려웠다. 아이의 고통보다 아이의 질적인 문제를 걱정하는 엄마였다. 어리석은 엄마의 고집이 아이의 병을 더 키우고 있었는지도 모른다. 실패가 있으면 성공이 있듯이 절망이 있으면 희망이 있다고 생각했다. 절망이 곧 희망이라고 믿고 버텼는데 내 마음속에서 점점 희망이 작아지고 있었다.

절망의 순간들

　주말이 되면 외식을 하거나 중국 음식으로 저녁을 해결한다. 대부분 중국 음식으로 해결할 때가 있다. 첫째 아이는 자장면을 좋아한다. 둘째 아이는 자장면을 좋아하지 않고 만두만 먹는다. 둘째 아이는 자장면을 정말 좋아했던 아이였다. 이 세상에서 자장면이 제일 맛있다고 했던 아이였다. 아이가 자장면을 먹지 않는 이유를 나중에서야 알게 됐다. 둘째 아이는 자주 넘어지고 얼굴에 핏기가 없는 아이였다. 주변에서 걱정할 정도로 약한 아이였다. 그래서 아이가 보이지 않으면 불안했다. 혹시나 내가 없는 곳에서 발작하지 않을까 두렵고 무서웠다. 걱정과 두려움은 내 상상 때문에 생긴다는 걸 알지 못했다.

　아침에 둘째 아이가 일어나 배가 아프다고 했다. 배가 아프면 무조건 장염이라고 생각했다. 지켜보다가 병원을 갈 만큼 나에겐 여유가 없었다. 아프다는 말만 들으면 경련할까 봐 무서워서 입원 가방부터 챙기기 시작했다. 아이를 데리고 집 앞 소아과를 갔다. 아이에게 링거를 맞추자 배 아프다는 말을 하지 않았다. 링거를 다 맞을 때쯤 아프지 않다고 해서 다 나은 줄 알았다. 병원 바로 밑에 층인 문구점에 가자고 해서 아이를 데리고 갔다. 계산하려는데 바로 내 등 뒤에서 '쿵' 하는 소리가 들렸다. 순간 심장이 멎는 것 같았다. 시멘트 바닥에 머리부터 떨어지며 아이가 떨고 있었다. 아이가 거품을 물고 눈이 돌아간 채 전신이 강직되었다. 빠르게 아이를 안고 "괜찮아, 민주야. 엄마가 옆에 있을게. 금방 깰 거야."라고 귓속말을 해주고 안아주었다. 아이의 손발을 딸 곳이 없어서 계산대 위에 아이를 옆으로 눕힌 다음 침착하게 손발을 따주었다. 아무것도 해줄 수 없어서 너무 미안한 마음뿐 이었다. 대신 아파주고 싶었다. 한의원 의사가 아이가 경련하게 되면 손발을 따주라고 했다. 손발을 따는 것이 아무 효과가 없다는 것을 나중에 알게 됐을 때 아이에게 너무 미안했다.

아이를 데리고 우선 집으로 갔다. 주차장에서 남편을 만나 아이를 안고 가라고 했다. 아이가 아빠 품에서 또 발작하기 시작했다. 주차장 안에는 아이의 거친 숨소리만 울려 퍼지고 있었다. 두 번째 발작했을 때 구급차를 불러야 했는데 남편이 집에서 더 지켜보자고 했다. 그 말을 듣지 말았어야 했다. 아침부터 한 끼도 먹지 못해서 우리는 자장면을 시켰다. 입으로 들어가는지 코로 들어가는지 모를 정도로 정신은 이미 안드로메다로 가 있었다. 아이가 다시 일어나 배고프다고 울기 시작했다. 먹으면 안 되는데 흥분하며 우는 아이에게 자장면을 아주 조금 주었다. 잘 먹어서 이제 끝났다고 생각하려는 순간 아이가 자장면을 입에 문 채 또 쓰러졌다.

이제 더 이상 지켜볼 수가 없었다. 울면서 구급차를 불렀다. 구급차를 타고 응급실을 가는 동안 아이가 구급차 안에서 또 발작했다. 뇌가 진정되지 않고 계속 흥분상태로 멈추지 않았다. 점점 아이 몸이 정상적으로 풀리는 시간도 길어지고 있었다. 혹시나 숨이 멈춰 버리면 어쩌나 너무 무서워 울기만 했다. 산소 호흡기를 꼽고 있는 아이 모습을 차마 볼 수가 없었다. 응급실에 도착해서 의사와 간호사들이 달려와 아이의 경련을 멈추기 위해 주사를 주려고 했다. 아이는 무서워서 소리를 지르기 시작했다. 아이는 계속 흥분했고 다섯 번째 발작을 시작했다. 처음으로 폭풍적으로 발작하는 것을 보았다. 의사는 아이 입에 마우스피스를 집어넣고 산소 호흡기를 입에 넣기 시작했다. 내 눈앞에서 벌어지고 있는 긴박한 상황에 너무 무서웠다. 아이의 발작은 멈출 생각을 하지 않았다. 산소 포화도 기계에서는 '삐~~~~'하는 소리가 들렸다. 드라마에서 보면 응급실에서 사람이 죽으면 삐 소리와 함께 평행선으로 그어진다. 내 눈앞에서 드라마 같은 상황이 연출되고 있었다.

그때 나는 이미 정신 나간 미친 사람이 되어가고 있었다. 아이가 내 눈앞에서 죽을 것만 같았다. 아이의 모습을 지켜보는 일이 너무나 힘들었다. 아이는 평소보다 오랫동안 숨을 쉬지 못하고 온몸에 힘을 주고 있었다. 아이가 죽으면 어쩌나 발을 동동 구르며 아이 심장에 손을 올려놓고 울기 시작했다. 다행히 아이의 몸이 풀리고 아이는 다시 잠을 자기 시작했다. 의사는 아이의 작은 입을 억지로 벌려 아이 입보다 큰 마우스피스를 입에 넣기 시작했다. 아이가 다시 발작할 수 있어서 예방 차원에서 넣었던 건데 아이가 아파한다며 이런 거 필요 없다고 빼버렸다. 의사가 어이없다는 표정이었다. 지금 생각하면 제정신이 아니었다.

뇌전증 담당 교수가 오셨다.

"어머니, 이제 더 이상 시간을 지체하시지 마세요."

"약을 이제는 꼭 먹여야 합니다."

이제 더 이상 한약과 자연요법으로 아이를 고칠 수 없다는 것을 아이가 대발작을 하고 나서야 알았다. 부작용이 있어도 경련만 안 해주면 그걸로 만족했다. 아이의 질적인 문제는 이제 중요하지 않았다. 발달이 떨어져도 좋으니 내 옆에서 숨 쉬고 있어 주기를 바랐다. 아이가 생사를 왔다 갔다 하는 것을 본 뒤에서야 정말 소중한 것이 무엇인지 깨닫게 되었다.

아이를 뇌전증 소아병동에 입원시켰다. 아이와 같은 병을 가지고 있는 아이들이 정말 많았다. 병상 칸마다 커튼이 쳐져 있었다. 밤마다 엄마들의 흐느끼는 소리가 들렸다. 그 소리에 나도 함께 눈물이 흘러 내렸다. 둘째 아이는 하루가 지나도 예전처럼 눈을 마주치거나 대화를 할 수가 없었다. 약 때문인지 초점도 없었고 걸을 수도 없었다. 자는 아이를 안고 계속 울었다. 아이가 다시 돌아오지 않으면 어쩌나 겁이 났다. 아이가 나를 더 이상 알아보지 못하면 어쩌나 무서웠다. 밤새 잠을 못 자고 지칠 대로 지친 나는 남편과 교대를 했다. 집으로 돌아가는 길에 비가 억수같이 쏟아졌다. 하늘도 슬퍼서 눈물을 쏟아내는 것 같았다. 비를 맞으며 집으로 걸어가면서 내 뺨에 흐르는 것이 눈물인지 빗물인지 알 수가 없었다.

누구에게도 기댈 사람도 없었고 하소연할 사람도 없었다. 혼자서 모든 것을 감당하기엔 너무나 힘든 고통이었다.

다음 날 아침 교대를 하기 위해 병원으로 향했다. 내가 병원 문을 열었을 때 민주가 환하게 웃으며 "엄마"하고 말해주길 기도했다. 병원 문을 열자 아이가 환하게 웃으며 "엄마"라고 부르는 것이 아닌가. 목까지 울컥 올라오는 눈물을 다시 삼키고 아이를 꼭 안아주며 "민주야, 고마워. 정말 고마워."라고 얘기해주었다. 감사함이 흘러넘쳐 감사 홍수가 날 지경이었다. 건강하게 옆에서 살아주는 것만으로도 감사했다. 다시 엄마라고 불러주어서 고마웠다.

예수께서 온 갈릴리에 두루 다니시다가 저희 회당에서 가르치시며 천국 복음을 전파하시며 백성 중에 모든 병과 모든 약한 것을 고치시니 그의 소문이 온 수리아에 퍼진지라. 사람들이 모두 앓는 자 곧 병과 고통에 걸린자.귀신들린자.간질하는자.중풍병자들을 데려와 저희를 고치시더라.
_마태복음 4:24

나는 독실한 신앙인이 아니다. 교회를 가는 것을 싫어하는 사람이었다. 오히려 절에 다닌 적이 더 많았다. 우연히 간질하는 자를 예수께서 고치셨다는 치유의 구절을 읽게 되었다. 내가 아이에게 해줄 수 있는 것이라고는 쓴 약을 입에 넣어주는 일밖에 없었다. 약을 먹는다고 해도 완치가 된다는 보장도 없었고 완치가 된다고 해도 재발하지 않는다는 보장도 없었다. 내가 할 수 있는 것은 기도밖에 없었다. 아이를 위해서라면 없다고 믿었던 신도 있다고 믿어야 했다. 남편은 교회 가는 것을 너무 싫어했다. 종교까지 나에게 이래라저래라 하는 건 참을 수가 없었다. 마음의 치유가 필요했고 아이를 위해 기도가 필요했다. 남편의 반대에도 무릅쓰고 그렇게 나의 신앙생활이 시작되었다.

하나님은 정말로 자신을 희생해 나를 가르치고 성장시키려고 우리 민주를 보내신 걸까.

하나님이 보시기에 내가 감당할 수 있다고 생각하셔서 민주라는 특별한 선물을 보내신 걸까.

신의 뜻한 바를 나중에서야 나는 알게 되었지만, 이때까지 왜 나에게 이런 고통을 주는지 몰랐다.

엄마라서 미안해

　뱃속에 아이를 품고 갑자기 한 남자의 여자에서 엄마로 직책이 바뀌었다. 한 번도 엄마 교육을 받아본 적도 없고 리허설 없이 생방송 되는 인생극장이 시작되었다. 처음이기에 누구보다 잘하고 싶었고 잘 키우고 싶었다. 어릴 적 나의 엄마가 나에게 했던 육아 방식으로 키우고 싶지 않았다. 첫째 아이는 마루타처럼 반복적인 육아 실수를 많이 했다. 왜 보채고 우는지 즉각적으로 반응해주지 못했고 왜 이유식을 먹지 않는지 몰랐다. 왜 잠을 안 자고 밤마다 우는지 알지 못했다.

　남들이 하는 걸 하지 않으면 우리 아이만 뒤처지는 것 같아서 남들이 하는 오감 수업을 꾸준히 시켰다. 값비싼 전집을 아이에게 들이대며 가르치려 했다. 아이가 뱃속에 있을 때는 손가락과 발가락이 정상이기만을 바랐고 건강하게만 태어나주길 바랐다. 아이가 태어나면서 건강은 당연히 기본적인 것이 되고 좀 더 똑똑하게 자라주길 바랐다. 빨리 걷고 빨리 말해주길 바랐지만 아이의 발달속도는 또래 아이들보다 느렸다. 다른 아이들은 벌써 걷고 '엄마' 소리를 한다는데 우리 아이는 왜 이렇게 느린 건지 걱정만 했다. 그렇게 일어나지도 않은 아이 미래에 대해 조바심을 내며 육아를 즐기지 못했다.

둘째 아이가 태어나고 아이가 소아 뇌전증 판정을 받게 되면서 그동안 내가 해온 육아가 부질없다는 것을 알게 됐다. 아이가 아프면서 소중한 것이 무엇인지 깨닫게 되었다. 부모의 곁에서 숨 쉬고 있는 것만으로도 감사한 데 왜 그렇게 아이들의 질적인 문제를 미리 걱정하고 조바심을 냈을까.

왜 그렇게 아이들을 지치고 힘들게 만들었을까.

친한 친구의 딸아이가 초등학교에 갔는데 영어공부를 너무 안한다고 했다. 숙제도 많고 시험 보는 날에는 온종일 붙어서 봐줘야 하는데 가르치다가 화병 나서 죽을 것 같다고 했다. 그런 친구의 속사정을 듣고 나는 이런 이야기를 해주었다.

"아이가 건강하게 잘 자라준 것만으로 감사하게 생각해. 그런 생각이 잘 들지 않으면 서울대학교 소아병동을 한 바퀴 돌고 와봐. 자식을 바라보는 욕심이 줄어들 거야. 앞으로 아이들이 공부할 날이 얼마나 많겠니."

"지금부터 너무 아이한테 공부, 공부하지 말고 병동 한 바퀴 돌고 오면 생각이 달라질 거야."라고 웃으면서 이야기를 했다. 지금 중요한 것이 무엇인지 아이가 아프면서 깨닫게 되었다.

한번은 친오빠가 나에게 전화를 걸어 다짜고짜 힘들다는 말을 했다. 장사도 잘 안되고 돈을 많이 못 벌어서 힘들다는 것이었다. 삼시세끼 먹을 수 있고 따뜻한 집에서 두 다리 펴고 잘 수 있는 집이 있는데 배부른 소리로만 들렸다. 나에게 힘들다고 하는 사람에게 난 이렇게 얘기해준다.

"아이들이 아프지 않고 건강하잖아. 그거면 된 거야." 라고 얘기해준다. 그렇게 말해주고 나면 더 이상 내 앞에서 힘들다는 말을 하지 않는다. 누구의 고민을 들어줄 여유가 없었는지도 모른다. 내 자식이 아프지 않고 건강한 것보다 더 중요한 것이 없다고만 생각했다.

나도 아이가 아프기 전엔 매일 아이들 공부에 집착했고 신세 한탄을 하는 사람이었다. 비 오면 비 온다고 못 나가게 하고 눈 오면 춥다고 못 나가게 했다. 헬리콥터 맘처럼 아이들 주변을 맴돌고 서성였다. 내가 이 세상에 존재하는 이유는 아이라고 생각했고 아이들이 없는 세상은 내가 살 이유가 없다고 생각하며 살았다. 그렇게 생각하니 당연히 아이들에게 거는 기대가 컸고 욕심이 하늘을 찌를 정도였다. 모든 것이 건강 앞에선 부질없는 일이 되어버렸다.

아이 스스로가 얼마나 소중한 사람인지 아이가 느끼도록 해주어야 한다. 아이의 자존감을 먼저 세워주는 부모가 먼저 되어야 한다. 이 세상에 태어난 이유는 오로지 사랑받기 위해 태어난 거라고 느끼게 해주어야 한다. 살면서 소중한 것이 무엇인지 아이가 나에게 알려주었다. 건강하게 낳아주지 못해서 너무 미안했다. TV에서 나오는 아픈 아이들은 나와는 상관없는 남의 일이라고만 생각했다. 내 얘기가 될 거라고는 상상도 못했다.

우리 아이들은 부모가 생각한 것보다 아주 강한 존재들이다. 우리 아이 또한 내가 생각하는 것보다 훨씬 강한 아이였다. 부모가 아이를 생각한다고 하지만 아이도 부모를 생각한다. 표현과 행동이 서툰 아기 같지만 부모를 놀라게 하는 능력을 가지고 있다. 둘째 아이가 4살 되던 해 어린이집을 가기 위해 도시락을 챙기고 있었다. 첫째 아이가 소리를 질렀다.

"엄마! 민주가 쓰러졌어요."

나는 분명 그렇게 들었다.

부엌에서 뛰어나와 거실 쪽을 바라보니 정말 아이가 등을 돌리고 누워 있었다. 경련하는 그 자세로 움직이지도 않고 꼼짝도 하지 않은 채 누워 있었다. 심장이 밖으로 나올까 봐 가슴을 움켜쥐고 서랍에 있는 수지침을 찾았다. 손이 부들부들 떨려 바닥에 다 쏟고 말았다. 아이에게 달려가서 아이의 어깨를 돌리는 순간 아이는 아무렇지 않게 나를 쳐다보고 있었다. 아이는 TV 서랍장 밑에 장난감이 들어가 그것을 한참을 보고 있었던 것이었다. 나는 아이 앞에서 펑펑 울고 말았다. 심장이 빨래 짜듯 쥐어 짜지는 기분이었다.

"민주야, 엄마는 네가 또 쓰러진 줄 알았잖아. 도대체 왜 엄마를 놀라게 하는 거야!"

해서는 안 될 말까지 해버렸다. 그리고 아이를 안고 펑펑 울었다. 약한 엄마의 모습을 보여주고 말았다. 아이는 고사리 같은 작은 손으로 나의 등을 토닥이며 "엄마, 나 괜찮아요. 엄마는 내가 죽을 때마다 날 구해줬잖아요."라고 말하고 있는 게 아닌가.

난 그 소리를 듣고 멍한 눈으로 아이를 쳐다보았다. 4살 된 아이가 울고 있는 엄마를 오히려 위로해주고 있었다. 놀라게 해서 미안하다며 오히려 엄마에게 사과하고 있었다. 자기가 아파서 쓰러진다는 것을 아이는 알고 있었다.

"민주야, 다시는 엄마 놀라게 하지 마. 엄마 정말 놀랐어."

"엄마 걱정하지 마세요. 우리의 심장은 튼튼하잖아요."

이렇게 말하는 것이 아닌가.

계속 아이의 말에 할 말을 잃어가고 있었다. 나보다 강한 아이를 너무 약하다고만 생각했다. 스스로 강하게 견뎌내고 있는 아이였다. 어린이집에 데려다 주고 집에 돌아와서 이불 속에 들어가 소리 내어 울기 시작했다.

눈물 많은 엄마여서 너무 미안해.
강하지 못한 엄마여서 너무 미안해.
심장이 단단하지 못한 엄마여서 너무 미안해.
이제 네 앞에서 울지 않을게.

나는 미안함과 죄책감으로 행복하지 않은 엄마였다. 웃어야 행복해진다고 하는데 웃을 일이 없었다. 아이들에게 항상 미안해하는 죄 많은 엄마라고 생각했다. 스스로를 행복하지 않은 사람이라고 생각했다. 엄마가 행복해야 우리 아이들도 행복한데 나는 아이 앞에서 울기만 하는 울보 엄마였다.

지금은 아이가 어려서 나의 손이 많이 가지만 아이가 성인이 돼서 스스로 자신을 아끼고 마음을 돌봐야 한다. 자기의 병을 알았을 때 상처받지 않도록 아이의 내면을 강하게 키워주는 일이 중요하다고 생각했다. 또한 아이에게 해줄 수 있는 것은 아이의 자존감이 떨어지지 않게 해주는 일이었다. 매일 유치원을 데려다 주면서 아이에게 말해준다.

우리 민주는 소중한 사람이야.
우리 민주는 사랑받기 위해서 태어난 사람이야.
우리 민주는 특별한 사람이고 행복한 사람이야.
매일 이런 말을 해줘서일까. 아이는 자신의 감정을 표현하는 아이가 되었다. 행복하다는 말을 자주 하는 아이가 되었다. 아이의 마음 근육이 날로 단단해지고 있었다.

우리 아이들에게 줄 수 있는 가장 큰 선물은 우리가 가진 귀중한 것을 아이들과 함께 나누는 것이 아니라 자기들이 얼마나 값진 것을 가지고 있는지 스스로 알게 해주는 것이다.
_스와힐리 격언

아파도 괜찮다며 툭툭 털고 일어날 힘은 강한 내면의 마음이다. 아이가 얼마나 귀한 존재인지 얼마나 사랑을 받고 있는지 알게 해주고 싶다. 사랑을 받은 사람이 주는 방법을 안다. 우리 아이가 자기가 받은 사랑을 다른 사람들에게 나눠주는 따뜻한 사람이 되길 바란다.

놓아주고 내려놓다

아버지의 사랑은 무덤까지 이어지고
어머니의 사랑은 영원까지 이어진다.
_러시아 속담

아이들이 태어나면서부터 부모의 희생이 시작된다. 자신의 자유를 포기하고 오로지 자식을 위해 조건 없는 사랑과 희생을 베푸는 것이 부모이다. 스스로 독립할 수 있을 때까지 아이를 책임지고 잘 성장할 수 있도록 도와주는 조력자가 되어주어야 한다. 아이들의 친구이자 선생님으로서 든든한 조력자 역할을 할 때 아이는 스스로 잘 커 나간다. 나처럼 아이가 다칠까봐 조바심 내며 온실 속 화초처럼 키우지 말아야 한다.

나는 아이의 대발작 이후 심한 스트레스에 시달렸다. 환청과 환각증세까지 보였다. 집안일을 하다가 '쿵'하는 소리만 나도 놀래서 뛰어나가곤 했다. 아이가 졸려서 비몽사몽한 건데 경련하는 표정으로 보였다. 아이를 흔들면서 왜 그러냐고 소리를 지른 적도 있다. 심장이 빨래처럼 짜졌다가 다시 풀어지는 기분을 매일 느꼈다. 아이에게 눈을 뗄 수가 없을 정도로 불안 증상을 보였다. 가만히 혼자 있을 땐 아이의 발작한 날이 상황들이 컬러 영상처럼 지나갔다. 하루 하루 눈물로 보내는 날이 많았다. 결국, 정신 우울증 증상까지 오게 되었다. 남편에게 이러다 내가 정신병으로 죽을 수도 있을 것 같다고 했다. 결국, 정신과 치료를 받으며 약을 먹고 안정을 찾아가고 있었다.

아이를 어린이집에 보내고 계속 불안하게 사느니 데리고 있자고 마음먹었다. 작년 8월부터 어린이집을 퇴소를 시키고 아이와 온종일 함께 있었다. 엄마와 함께 편안하게 보내면서 체력도 키우고 건강해지면 다시 어린이집에 가기로 했다. 아이가 항경련제를 먹기 시작하면서 예민하고 까칠하게 변해갔다. 자기 마음대로 감정 조절을 할 수 없는 아이가 안쓰러웠다. 첫째 아이를 등원시키고 둘째 아이와 매일 도서관에 다녔다. 집에 와서 낮잠을 자고 일어나면 엄마랑 미술놀이를 하며 매일 행복한 시간을 보냈다. 여름이 지나고 가을이 오면함께 도시락을 준비해서 소풍을 가기도 했다. 내가 하루 종일 옆에 붙어 있으면 다시는 재발하지 않고 이대로 쭉 건강하게 지낼 것만 같았다.

항경련제 때문에 뇌 발달이 느릴 수 있을 것 같아서 두뇌 교육을 일주일에한 번씩 다녔고 발레를 하고 싶다고 해서 시켜주었다. 아이를 놓아주지 않고 내 품에서 화초처럼 안전하게 키우고 있었다.

아이가 약을 먹고 3개월 동안 건강하게 잘 지내고 있었다. 약만 믿고 다시는 쓰러지지 않을 거라고 생각했다. 약을 먹고 2년 동안 재발하지 않으면 완치라고 해서 달력에 매일 카운트를 하며 체크하기 시작했다. 마지막 희망은 약이었다. 항경련제가 경련 억제제라고 했지만 치료제라고 믿고 먹였다. 둘째 아이의 발레수업이 끝나고 집에 가는 중이었다. 앞좌석 카시트엔 첫째 아이를 태우고 뒷좌석 카시트에는 둘째 아이를 태웠다. 갑자기 조용한 차 안에서 거친 숨소리가 들리기 시작했다. 설마 하는 생각에 차를 갓길에 세우고 뒤돌아보는 순간 아이는 거품을 물고 안전벨트 안에서 몸을 틀고 있었다. 나는 너무 놀랐지만 아이의 고개를 옆으로 돌려주고 안아주었다. 다행히도 오랫동안 경련하지 않고 금방 돌아왔다. 아이는 울기 시작했다. 꼭 안아주면서 "괜찮아, 민주야. 엄마가 옆에 있잖아. 걱정하지 마."라고 얘기해주었다. 내가 할 수 있는 건 항상 똑같은 이 말뿐 해줄 수 있는 게 없었다.

아이는 오자마자 배고프다며 밥 한 그릇을 순식간에 비워냈다. 아이가 배가 고팠고 체력이 떨어져서 경련한 것 같았다. 남편은 연속으로 경련하지 않은 것만으로도 얼마나 감사하냐며 나를 위로해 주었다. 남편은 항상 한결같고 담담하게 말한다. 당신 탓이 아니니까 울지 말라고 하면서 다시 파이팅하자고 했다. 우리 아이는 꼭 나을 수 있을 거라며 나에게 위로와 용기를 주었다. 소아 뇌전증 카페에 들어가서 하소연하는 곳에 들어가 보면 아이가 아파서 부부가 매일 싸우거나 별거와 이혼하는 경우가 많았다.

서로의 탓을 하며 서로에게 상처를 주는 경우도 많았다. 우리는 아이가 아프기 전까지 그렇게 잉꼬부부처럼 서로를 위해주고 사랑해주는 그런 사이는 아니었다. 대부분 결혼 10년 차가 되면 부부로 살아가기보다 친구나 가족으로 살아간다. 아이가 아프면서 우리 부부 사이는 더 돈독해졌다. 서로를 탓하지 않았고 오히려 괜찮다고 위로를 해주었다. 힘들 땐 함께 술을 마시며 서로의 어깨를 토닥여주고 파이팅을 외쳐주었다. 그런 남편에게 항상 고마웠다. 남편은 한 번도 아이가 쓰러질 때마다 울거나 낙담하는 모습을 보이지 않았다. 그날도 담담하게 괜찮을 거라며 걱정하지 말라고 해주었다. 아이들을 재우고 자려고 누웠는데 조용히 방문이 열리면서 남편이 들어왔다. 나는 자는 척을 했다. 남편은 민주에게 다가가 꼭 안아주었다.

"불쌍한 내 새끼. 불쌍해서 어쩌지." 하며 눈물을 흘리고 있었다. 나는 그 모습을 보면서 가슴이 너무나 아팠다. 자신도 힘들고 마음이 아프면서 아빠니까. 남편이니까. 흔들리는 모습을 보이면 가족이 무너질까 봐 마음이 아프지 않은 척 한 걸까.

아이가 약을 먹어도 경련을 하게 되었다는 것은 약이 맞지 않는다는 것이다. 서울대학병원으로 가보기로 했다. 15킬로그램의 아이를 띠를 매고 10킬로그램이 넘는 가방을 짊어지고 혼자서 기차를 타고 전철을 탔다. 어깨가 빠질 것처럼 아팠고 땀이 비 오듯 쏟아졌다. 하지만 아이를 위해서 참을 수 있었다. 나의 희생으로 아이가 나을 수만 있다면 나는 무슨 일이든 할 수 있었다. 소아 뇌전증으로 유명한 의사를 찾아가면 뭔가 희망적인 얘기와 아이에게 맞는 약을 찾게 될 것이라고 생각했다. 나에게 한줄기 지푸라기였다. 병원을 갔다 오고 나서 그렇게 특별한 처방은 없었다. 먹고 있는 약에 용량만 늘릴 뿐이었다. 약 용량을 늘리니 아이의 까칠함과 폭력성만 늘어날 뿐이었다.

첫째 아이가 유치원에 다니기 때문에 둘째 아이를 데리고 있다고 해도 감기나 장염에 걸릴 수 있었다. 단지 확률이 줄어들 뿐이었다. 장염은 둘째 아이에게 취약이기 때문에 항상 조심해야 했다. 첫째 아이가 집에 오자마자 토를 하기 시작했다. 장염이 왔다. 우선 첫째 아이를 병원에 데려가서 주사를 맞혔다. 3일 정도 되니 장염이 다 나았지만 이번엔 둘째 아이 몸에 잠복해 있던 장염 바이러스가 나오기 시작했다. 갑자기 우리 집은 초긴장 상태가 됐다. 바로 링거를 맞추고 한 시도 눈을 뗄 수가 없었다. 3시간 링거를 맞고 아이는 토를 하지 않았고 아이는 괜찮다고 했다. 다행히 이번 장염은 조용히 넘어갔다고 생각했다. 집에 와서 아이는 잘 놀았다. 남편과 나는 이제 장염에 걸려도 약 때문에 경련하지 않는다고 생각했다. 한고비를 넘길 수 있어서 감사했다.

갑자기 '쿵' 하는 소리가 들렸다. 아이의 머리가 식탁 위에 떨어지며 거품을 물고 숨을 못 쉬고 있었다. 남편을 부르고 소리를 질렀다. 한두 번도 아닌데 나는 이런 상황이 항상 무서웠다. 남편은 아이를 옆으로 눕히고 시계를 보며 경련하는 시간을 재고 있었다. 이제 남편은 당황하지 않고 아이를 체크할 수 있는 여유가 생긴 것 같았다. 1분 정도 아이가 발작하고 나서 엄마를 찾으며 울기 시작했다.

얼마나 아팠을까.
얼마나 무서웠을까.

아이를 꼭 안아주는 것밖에는 해줄 수 없었다. 아이를 재우고 나서 나는 아이 손을 붙잡고 오열하며 울기 시작했다. 그리고 신에게 그만 좀 하라며 울면서 소리를 질렀다.

"아이가 아프다고 하잖아요."

"그만 좀 하세요 제발."

온 내장이 다 쏟아질 정도로 울분을 토해냈다.

정말 방법이 없는 걸까.
치료제가 없는 것일까.

약 용량을 늘리고 추가를 했는데 더 이상 어떻게 해야 할지 막막했다. 약이 치료제가 아니라 경련 억제제라는 걸 알면서도 희망을 놓고 싶지 않았는데 점점 희망의 끈을 놓고 싶어졌다.

어떻게 살아야 할까.
아이와 함께 베란다에 뛰어내릴까.
죽는 게 오히려 사는 것보다 편하진 않을까.

온통 머릿속엔 극단적인 생각으로 가득 찼었다. 죽음만이 정신적인 고통에서 벗어나는 길이라고 생각했다. 망연자실하며 삶을 포기하고 싶을 때 내 손을 잡아준 사람이 있었다. 우리 아이와 같은 병을 가지고 있는 아이의 엄마였다. 블로그에서 처음 알게 되면서 나에게 위로와 용기를 주었던 사람이다. 자신의 아이도 아프면서 나에게 힘내라고 하는 사람이다. 아이가 아프지만 아이가 있어 행복하다고 했다. 아픈 아이의 엄마라서 불행하지 않고 오히려 더 행복하다고 했다. 이렇게 심장이 단단해지기 까지 얼마나 많이 울고 고통의 시간을 견뎌냈을까.

자신의 아픔을 글을 쓰며 치유하기 시작했고 지금은 〈있는 그대로 너를 사랑해〉라는 책을 쓴 작가가 되었다. 아이를 통해 성장했고 아이로 인해 작가가 된 엄마를 보며 다시 살아갈 힘이 생겼다. 지금도 아이들이 맺어준 인연으로 서로를 응원하고 용기를 주고 있다. 내가 아이에 대한 마음을 내려놓을 수 있었던 건 황수빈 작가 덕분이다. 황수빈 작가의 책 제목처럼 나도 우리 아이를 있는 그대로 사랑해 주기로 했다. 아이의 존재를 인정하고 받아들이기로 했다. 존재 자체를 인정하는 순간부터 마음이 편해지기 시작했다. 아픈 아이를 보내주신 이유가 있을 거라고 생각한다. 이 아이를 통해 세상에 전하고자 하는 메시지가 있다고 생각한다.

제5장
나는 오늘도 웃으며 살아간다

삶은 사람이다

주말이 되면 가족과 함께 동물원이나 놀이공원을 간다. 나는 겁이 많아서 놀이기구를 잘 타지를 못한다. 민주도 겁이 많기도 하지만 혹시 경련할까봐 머리 아픈 놀이기구는 태우지 않는다. 남편과 아들은 범퍼카도 타고 롤러코스트도 탔다. 롤러코스트는 보기만 해도 속도감 때문에 너무 무섭게 느껴진다. 천천히 오르막까지 올라가면 빠르게 내려간다는 걸 알고 있었기 때문에 더 두렵고 아찔한 것 같다.

39년 인생을 살면서 내 인생이 꼭 롤러코스트 같다는 생각이 들었다. 내 인생뿐 아니라 우리 인생이 롤러코스트 같은 인생이 아닐까 라는 생각이 든다. 항상 평탄하고 안정된 속도로 인생을 살 수 있다면 행복할 것 같지만 어쩌면 그런 인생이 허무하고 무료할지도 모르겠다. 굴곡 있는 인생의 쓴맛을 알아야 성공했을 때 희열감이 더 클 수 있다. 롤러코스트와 같이 인생도 오르막이 있고 내리막이 있다. 빠른 속도로 내려갔다면 그 속도만큼 반드시 올라갈 것이다. 내 삶도 롤러코스트 열차처럼 기쁨과 슬픔이 번갈아가며 달린 인생이었다.

대학교 친구 중에 나와 생년월일이 똑같은 친구가 있다. 인생의 굴곡이라고는 찾아볼 수 없는 친구였다. 생일이 같다는 이유로 우리는 쉽게 친해질 수 있었다. 친구의 아버지는 성공한 분이셨고 어머니도 기품이 있으셨다. 친구는 고생 한번 없이 평탄한 삶을 살고 있는 것처럼 보였다.

"생년월일이 똑같은데 너랑 나랑 이렇게 인생이 극과 극일 수 있냐?" 라고 우스갯소리로 얘기한 적이 있다. 태어난 시간이 달라서 그런가? 라고 나름대로 이유를 갖다 붙였다.

항상 "왜 이렇게 내 인생은 굴곡이 많은 거야?"라며 나의 사주팔자를 원망하고 나의 부모를 원망하며 살았다. 시련과 고통이 있을 때마다 헤쳐 나갈 생각조차 하지 않았다. 어떻게든 될 거라는 안일한 생각을 갖고 매일 술만 마시며 신세 한탄하는 시간들이 많았다. 결혼하고 아이를 낳고 육아에 찌들어 나의 꿈이 무엇인지 생각조차 하지 않았다. 지금은 30대 끝자락을 붙잡고 있다. 내 인생은 내가 주인이 되어야 하는데 항상 엑스트라로만 살아온 것 같다는 생각이 들었다. 10대 시절은 부모님을 기쁘게 해드리기 위해 원하지도 않은 대학교와 학과를 갔다. 20대 시절은 아버지의 병원비와 가족을 먹여 살리기 위해 쳇바퀴 굴리는 다람쥐처럼 살았다. 30대 시절은 자식의 병을 고치기 위해 미친 듯이 뛰어다녔다. 희망도 없는 절망이 가득한 삶이었다. 어디로 가야 할지 막막하기만 했다. 인생의 열차가 계속 내리막으로만 가고 있었다. 너무 내려가서 더 이상 내려갈 곳도 없었다.

핸드폰 사진첩에는 내 사진을 찾아볼 수가 없다. 아이를 낳고부터 온통 아이의 성장 사진과 동영상으로 가득 채워지고 있었다. 사진을 찍는 것을 좋아했던 내가 엄마가 되고 나니 나보다 아이들 사진만 찍고 있다. 마트에서 딸기 하나 사도 나를 위해 장바구니에 담지를 못한다. 어디 외출이라도 하는 날엔 입을 옷이 없다. 옷장엔 옷이 가득한데 입고 나갈 옷이 하나도 없다. 색깔은 온통 회색과 검은색 옷들뿐이다. 그렇게 화려하기로 소문난 내가 엄마가 되고 나서 칙칙해지고 뚱뚱한 아줌마로 변해갔다. 생일이 되면 친구들은 항상 화려한 액세서리를 선물했다. 엄마가 되고 나서는 예쁜 접시나 찻잔 선물이 좋아졌다. 그렇게 내 인생은 내가 없는 엄마와 아내 그리고 며느리로 살아왔다. 블로그 이름도 내 이름이 아닌 '엄마표 놀이 사랑샘'이라는 닉네임을 사용하며 사람들과 소통하며 지낸다. 내가 힘들 때마다 위로와 용기를 주는 사람들 때문에 다시 살아보고 싶은 마음이 생겼다. 함께 꿈을 꾸고 성장하는 꿈 친구들로 인해 내 이름으로 다시 살아보고 싶었다. 몇 달 전 집에 택배 하나가 도착했다. 블로그 이웃으로 지내다가 나의 정신적인 멘토가 되신 〈진짜 부모 가짜 부모〉 〈서툰 엄마〉의 저자이신 옥복녀 선생님의 택배였다. 책 3권과 편지 한 통이 들어있었다.

은영 씨~

이름을 부르며 마주 앉아 보네요.

한 번도 불러보지 않은 이름 '은영'씨를 부르고 있습니다.

내가 '은영' 씨라고 부르며 편지를 시작하는 이유는 지금 오롯이

은영 씨로 살고 있는 모습이 눈에 들어왔기 때문이에요.

누구도 따라갈 수 없는 따뜻한 사랑을 품은 사랑샘도 좋지만,

아이들과 행복한 놀이로 함께 행복한 엄마표 놀이 사랑샘도 너무나 잘 어울

리지만 지금 오롯이 은영씨로 살게 된 이 모습이 더 멋져 보입니다.

편지를 읽으면서 눈물이 하염없이 쏟아졌다. 내 속을 한번 들어갔다가 나오신 선생님의 진심이 담긴 글에 눈물이 멈추지 않았다. 그동안 내 이름을 불러주는 사람이 없었다. 내 이름보다 누구의 엄마로 지내는 시간이 많았다. 그런 내 마음을 나조차도 알아주지 못했는데 선생님이 알아주셨다. 나에게 마음 보약을 선물해주신 선생님께 감사한 마음을 전하고 싶다.

이제는 아이들을 온실 속 화초처럼 키우는 헬리콥터 맘에서 벗어나 나를 찾아 나서기로 했다. 아픈 아이를 위해 전전긍긍하며 불안한 미래를 걱정하며 살아온 나를 일으켜 세워준 건 좋은 사람들과의 만남이었다. 그중 두 팔로 나를 꼭 안아준 사람이 있다. 블로그를 시작하면서 우연히 〈내가 글을 쓰는 이유〉 저자인 이은대 작가님을 알게 되었다. 그분의 블로그 포스팅 중 소아 뇌전증으로 힘들어하는 엄마가 아픔을 이겨내고 자기계발을 통해 성장하고 있는 글을 읽게 되었다. 민주가 대발작을 일으키던 날 그 엄마에게 글을 남겼다. 힘든 시간을 어떻게 버텨야 할지 막막할 때 그녀는 나에게 용기와 힘을 주었다. 앞에서 말했지만 〈있는 그대로 너를 사랑해〉를 쓴 황수빈 작가이다. 아픈 아이의 엄마가 자신의 아픔을 글로 쓰며 작가가 되었다. 아이를 위해 안 해본 것이 없는 황 수빈 작가는 자기 일처럼 마음을 써주고 함께 아파해주었다. 그때 처음으로 얼굴도 모르는 사람과 마음이 통할 수 있다는 걸 알게 됐다. 한 번도 본 적이 없지만 오래전부터 알고 지낸 친구처럼 편하고 좋았다. 아이가 아픈데 어떻게 저렇게 긍정적이고 밝게 살 수 있는지 궁금했다. 아픔을 글로 쓰고 치유하면서 자신을 성장시킨 황수빈 작가처럼 나도 살고 싶어졌다. 내가 황수빈 작가를 만나지 않았다면 지금 이렇게 글을 쓰고 있지 않았을 것이다. 평생 함께 글을 쓰고 성장할 수 있는 꿈 친구를 만나서 내 삶이 행복해 지고 있다.

우리 인생의 절반은 사람과의 만남으로 이루어진다. 어떤 사람을 만나느냐에 따라 인생이 변할 수 있다. 내 주변에는 아이를 키우는 엄마들이 많다. 문화센터에서 쉽게 만났던 엄마들과 함께 대화를 하다보면 대부분 아이 얘기와 시댁 얘기. 그리고 남편 얘기가 절반을 차지하고 드라마 얘기가 나머지 반을 차지한다. 내 얼굴에 침을 뱉는 일을 그만하고 싶었다. 그때부터 사람들과 만남을 줄이게 되었다. 블로그를 통해서 나와 관심사가 비슷한 사람들과 소통을 하고 자기계발을 하며 자기의 꿈을 향해 살아가는 사람들과 만나기 시작했다. 매일 책을 읽고 글을 쓰는 사람들과의 만남을 통해서 세상을 알게 되고 나도 그들처럼 다시 비상할 수 있다는 용기를 얻었다. 우리가 살아가는 삶 속에서 사람을 떼어내서 생각할 수는 없다. 삶이 곧 사람이라는 말이 있듯이 사람을 통해서 인생을 배우고 성장하는 거라고 생각한다. 혼자서 사는 세상이 아니다. 슬픔을 나누면 배로 줄고 기쁨을 나누면 배가 된다. 좋은 사람들을 만나는 것은 나를 만나는 것과 같다. 스스로를 좋은 사람으로 만드는 길은 좋은 사람을 만나는 것이다. 절망 속에서도 내가 웃으며 살아갈 수 있었던 것은 바로 사람이었다.

엄마의 미라클 모닝

아침마다 등원 전쟁이 시작된다. 아이들이 일어나면 바통을 넘겨받아 뛰는 달리기 선수처럼 쉴 틈 없이 이어달리기한다. 아침에 눈 떠서 내가 가장 많이 하는 말은 "빨리! 빨리!"라는 말이다. "빨리 일어나!" "빨리 씻고 준비해!" "빨리 신발 신어!"

빨리라고 말한다고 바쁘게 움직여주면 아이가 아니다. 엄마의 시계와 아이의 시계는 다르게 돌아간다. 10시까지 빨리 준비하고 나가야 하는데 달팽이 같은 아이들을 보면 속에서 천불이 난다. 결국, 엄마는 팔팔 끓는 주전자처럼 뜨겁게 달아오르기 시작한다. 아침의 어떤 기분으로 시작하느냐에 따라 하루 기분이 달라진다. 아이들이 울고 가는 날이면 하루 종일 돌을 씹어 넘긴 것처럼 불편한 마음이다.

나는 아침에 왜 이렇게 시간에 쫓기고 정신없는 전쟁놀이를 하는 걸까.

출산하고 아이가 태어나면서 새벽에 깨지 않고 아침을 맞아 본 적이 없었다.

수시로 깨는 아이들의 알람 소리에 일어나 달래다 보면 아침을 맞이하는 것이 일상이었다. 항상 눈 밑에 다크써클은 배꼽까지 내려왔다. 나의 소원은 통일도 아니었고 부자도 아니었다. 나의 소원은 잠을 자는 거였다. 잠은 나에게 생명수였다. 회사에 다닐 때도 교대근무를 하느라 잠을 제대로 못 잤다. 새벽 근무가 되면 4시 반에는 일어나야 했다. 그래서 회사 다니는 것이 지옥이었다. 아이들 울음소리에 새벽에 수시로 깨니 아침에 늦게까지 자야 했다. 아이들이 일어나기 전에 일어나 아침을 준비한 적이 한 번도 없었다. 그러다 보니 나에게 아침은 전쟁이 될 수밖에 없었다.

남편은 새벽형 인간이다. 새벽 5시에 일어나 자기만의 시간을 갖고 나서 6시에 집을 나간다. 아침마다 목욕탕에 가서 운동한 뒤 사우나를 하고 상쾌한 기분으로 회사를 출근한다. 아침잠 많은 나는 절대 이해할 수 없었다. 나 같으면 한 시간이라도 더 자고 출근하겠다는 말을 했다. 남편은 한 번도 늦잠을 잔적이 없다. 새벽에 일어나니 당연히 밤에 일찍 잔다. 아이들보다 일찍 자는 아빠는 우리 집밖에 없을 거라며 잔소리만 해댔다. 내가 일찍 일어나 보니 그때서야 남편을 이해할 수 있었다.

나는 작은 소리에도 예민해서 잘 깬다. 남편이 부스럭거리며 출근하는 소리에 깨면 화가 났다. 출근하는 남편을 향해 인상을 쓰고 짜증 섞인 의성어들이 나도 모르게 터져 나왔다. 남편은 나의 행동과 말에 기분이 나빠서 큰소리 내며 싸우는 일이 많았다. 아침부터 남편과 싸우고 나면 아이들에게 화풀이하는 엄마였다.

이런 내가 변하기 시작했다. 사람들과 온라인 소통을 하면서 우연히 〈미라클 모닝〉이라는 책을 알게 되었다. 많은 이웃들이 미라클 모닝을 실천하고 있었다. 서점에 가서 할 엘로드의 〈미라클 모닝〉 책을 바로 구입했다. 당신의 하루를 바꾸는 기적이라는 표지가 눈에 들어왔다. 이 책을 읽으면 아침이 기다려질 거라는 것이었다. 아침이 오지 않았으면 하는 나에게 자극적인 한 줄 이었다. 미라클 모닝 책 첫 장부터 아침에 일찍 일어나 6분을 투자하라고 한다. 1분은 명상을 하라. 2분은 다짐과 확신의 말을 하라. 3분은 비전 보드를 보고 상상하라. 4분은 감사 일기를 써라. 5분은 독서를 하라. 6분은 간단한 운동을 하라고 했다. 아침 기적을 만들기 위해 평소 일어나는 시간보다 6분 빨리 일어나면 인생이 변한다는 것이다. 새로운 내일은 아침에 결정이 되며 활기차게 시작한 아침은 어제보다 특별한 오늘을 만들어 줄 것이라고 했다. 아침부터 무리하게 1시간 일찍 일어나 이제부터 아침형 인간이 될 꺼야! 라고 의지와 열정을 불태웠다가 하루 종일 병든 닭처럼 비실댈 것이다.

〈톡톡 튀는 아내의 비밀 톡〉의 저자인 엄남미 작가님 또한 하루 6분 일찍 일어나는 것은 행복한 가족을 만드는 아내들의 지혜로운 선택이라고 말했다. 가정의 행복한 분위기는 엄마가 만들어가고 아침에 활기찬 엄마로 인해 아이들과 남편이 행복해진다고 했다. 하루 6분이 습관이 되면 조금씩 아침 시간을 늘려 가면 된다. 처음부터 무리하면 금방 지치고 포기할 수 있다. 책을 읽고 바로 실행에 옮겼다. 아침 8시에 일어나는 내가 10분씩 늘려가며 한 달 만에 6시에 기상을 하게 되었다. 시작하고 일주일 정도는 정말 힘들었다. 이번만큼은 작심삼일로 끝낼 수 없었다.

나쁜 습관을 떠나보내기 위해서 21일이 걸린다고 한다. 이것을 21의 법칙이라고 불린다. 사람마다 습관으로 자리 잡기까지 개인차가 있겠지만 대부분 3주 정도 포기하지 꾸준히 하다 보면 습관으로 자리 잡게 된다. 우리가 계획했던 일들이나 습관을 고치려는 일들이 작심삼일로 끝나버리는 이유는 21일 동안 꾸준히 하지 않았기 때문이다. 21일 동안 우리의 뇌는 예전 나쁜 습관으로 되돌아가려고 저항하기 시작한다. 뇌에도 관성이 법칙이 있다. 21일 동안 자기와의 싸움에서 이기면 나쁜 습관들은 백기를 들기 시작한다. 내가 할 수 있다는 신념과 목표가 있다면 아침에 일어나는 일이 고된 일이 되지 않을 것이다.

〈미라클 모닝〉 책의 저자는 하루의 아침이 크리스마스처럼 기다려지는 아침이라고 하였다. 우리는 어린 시절 산타할아버지의 선물을 받기 위해 밤새 설레며 잠을 잤다. 알람이 없이도 스스로 일어나 산타할아버지의 선물을 찾았다. 매일 아침 이런 기분이면 얼마나 좋을까 라는 생각이 든다. 우리 아이들도 평소에 내가 깨워야만 일어나다가 소풍이나 크리스마스가 되면 새벽부터 일어난다. 이렇게 우리는 소풍날을 기다리는 아이의 마음처럼 아침을 행복하고 설레는 마음으로 일어나야 한다.

미라클 모닝을 한 지 9개월이 넘었다. 8시에 겨우 일어났던 내가 지금은 새벽 5시 반에 하루를 시작한다. 이 놀라운 변화는 나에겐 기적이나 다름없었다. 아침이 일찍 일어났을 때 놀란 사람은 남편이었다.

"왜 그래?"

"무슨 일 있어?"

"빨리 더 자."라며 걱정 섞인 말을 했다. 피곤하다고 짜증 내지 말고 자라는 얘기다. 남편은 저러다 그만두겠지 생각했다고 한다. 지금은 내가 남편을 깨워주고 출근하는 모습을 본다. 잘 다녀오라는 인사를 하며 웃어준다. 아침에 일찍 일어난 것뿐인데 부부 사이도 더 돈독해졌다. 이런 나의 이야기를 지인들에게 이야기를 해주었다. 나를 따라서 아침에 일찍 일어난다는 사람들이 생겨났다. 친한 지인 중 한 명은 아침에 매일 일찍 일어나는데 왜 하루가 활기차지 않다고 한 적이 있었다. 얘기를 들어보면 그냥 일찍 일어나는 것뿐이다. 일어나서 핸드폰 보고 컴퓨터를 한다는 것이었다. 아침에 단순히 일찍 일어나는 것이 중요한 것이 아니라 무엇을 하느냐가 중요하다. 내가 말하는 미라클 모닝은 나를 위한 효율적인 시간을 투자하라는 것이다.

나는 알람시계를 침대와 멀리 떨어진 곳에 둔다. 알람이 울리면 걸어가서 끌 수 있도록 해 두었다. 옆에 두고 잤더니 잠결에 나도 모르게 끄고 다시 자는 경우가 많았기 때문이다. 눈은 떴지만 뇌는 자고 있다는 것을 느끼게 되었다. 바로 화장실로 가서 양치를 시작하고 물 한 컵을 마신다. 명상음악을 틀고 5분 정도 복식 호흡한다. 밤새 웅크리며 자던 폐가 퍼지는 느낌이 들었다. 내 몸의 근육들이 비명을 지르며 깨어나는 소리가 들렸다. 이것이 나의 아침의식이다. 아침의식을 치르고 나면 뇌는 깨어난다. 아무도 일어나지 않은 새벽에 소음이라고는 시계 초침 소리뿐이다. 그 소리가 요란하게 들릴 정도로 새벽 소리는 고요하다. 5분에 한 번씩 엄마를 찾는 아이들도 없고 없어진 물건을 찾아달라는 남편도 없다. 새벽을 온몸으로 끌어안은 채 나는 책을 읽고 글을 쓴다.

나의 아침 시간을 보내고 아이들이 일어나기 30분 전에 유치원 가방을 챙기고 입고 갈 옷을 준비한다. 아침밥을 미리 준비하고 동요를 틀어 아이들을 깨우기 시작한다. 꾸물대는 아이들에게 뽀뽀 세례를 퍼붓고 아이들의 냄새를 맡는다. 엄마의 웃음에 아이들도 기분 좋게 일어난다. 엄마가 행복한 모습을 보여주니 아이들도 행복해하는 모습을 보았다.

아침에 일찍 일어난 것뿐인데 하루가 변하고 인생이 변하기 시작했다. 기적은 절망해서부터 온다고 한다. 절망적인 순간에 웃을 수 있었던 건 바로 기적의 미라클 모닝 실천이었다.

지금 절망적인가. 하루가 허무하고 활기가 없는가.

지금과 다른 삶을 꿈꾼다면 오늘부터 10분 일찍 일어나보자. 나를 믿고 한번 해보길 바란다.

엄마의 감사일기

성경에 '범사에 감사하라'는 말씀이 있다. 모든 일에 감사하는 마음을 가지라는 것이다. 좋은 일이 있을 땐 감사할 수 있겠지만 나쁜 일이 일을 때에도 감사하는 마음을 갖는다는 것은 쉽지 않다.

'잘되면 제 탓 못되면 조상 탓'이라는 속담도 있듯이 몇몇 사람들은 잘되면 내가 잘해서 잘 된 것이고 잘못되면 다른 사람 때문에 이라고 생각한다. 나 또한 이런 몇몇 사람들 중의 한 사람이었다.

집 파산. 야반도주. 아버지 죽음. 공장입사. 신용불량자. 알코올 중독. 산후병. 자식의 병을 겪고 감사하는 마음이 생길 리 없었다. 고난과 힘든 역경을 행운의 기회로 생각하고 고통을 기회로 생각하기는 쉽지 않았다. 그럼에도 불구하고 감사하라는 말이 마음에 와닿지 않았다. 감사하다고 말할 수 있지만, 가슴에서 우러나오는 진짜 감사는 아니었다.

아이가 아플 때마다 병원에 입원하는 날이 많았다. 6인 병실에 커튼 한 장 사이에 두고 좁은 보호자 침대에서 자야 했다. 밤새 아이를 간호하느라 잠을 제대로 잘 수가 없었다. 다른 사람들과 한 병실에서 생활하는 것이 불편하고 힘들었다. 아이가 한번 경련이 시작되면 멈추지 않아서 응급실로 달려가야 했다. 한번은 짧은 경련으로 끝나서 응급실을 가지 않아도 되었다. 그때 나도 모르게 내 입에서 감사의 말 이 터지기 시작했다.

"감사합니다. 응급실을 가지 않아서 감사합니다."
"아이가 빨리 정상으로 돌아와 줘서 감사합니다."
"오늘 밤 집에서 편하게 잠을 잘 수 있어서 감사합니다."

아이가 아프지만 감사함을 찾는 내 모습을 발견하게 되었다. 감사는 또 다른 감사를 낳는다고 한다. 한번 감사가 터지니 감사할 거리가 많아지기 시작했다. 아이가 아프지만 내 곁에 살아서 존재하는 것만으로 감사하기 시작했다. 생각과 태도가 바뀌니 부정적인 생각들이 긍정적인 생각으로 바뀌고 있었다.

태어나면서 앞을 보지 못하고 듣지도 말하지도 못하는 헬렌 켈러 조차도 믿음과 감사한 삶으로 장애를 극복하며 살았다. 나는 보고 듣고 말하면서 내가 가지고 있는 것들에 대한 감사함을 모르고 살아왔다.

내 마음의 밭에 감사의 씨앗을 심어 많은 감사의 열매가 열릴 수 있도록 밭을 일궈내고 싶었다. 매일 감사 일기를 쓰며 마음의 밭에 감사 씨앗을 뿌리고 물을 주기 시작했다. 감사일기는 특별한 형식이 없다. 마음 가는 대로 내가 감사하고 싶은 것들을 쓰면 된다. 처음엔 무엇을 써야 할지 몰라서 감사거리 를 고민하기도 했지만 우리가 찾으려고 만 한다면 주위에는 감사할 거리들이 넘쳐난다.

나의 감사일기 대부분은

"아침에 눈을 뜨고 숨 쉴 수 있어서 감사합니다."

"아이들이 아프지 않아서 감사합니다."

"아이들에게 화내지 않아서 감사합니다. 가족과 함께여서 감사합니다."라고
쓴다.

이렇게 당연하게 생각했던 것들을 대한 감사부터 시작했다. 감사 일기를 쓰
다 보니 내가 처한 상황을 객관적으로 바라볼 수 있게 되었다. 또한 절박하고
간절한 마음으로 쓰게 되니 감사에너지가 긍정적인 삶으로 나를 데려다주었
다. 감사일기도 아침에 일찍 일어나는 것처럼 습관이 필요하다. 앞에서 21의
습관의 법칙을 얘기했듯이 꾸준히 실천하는 것이 중요하다.

내가 확실히 아는 것이 있다면, 만약 당신이 당신 앞에 나타나는 모든 것을 감사히 여
긴다면 당신의 세계가 완전히 변할 거라는 점이다. 가지지 못한 것 대신 내가 이미 가지고
있는 것들이 초점을 맞춘다면 당신은 자신을 위해 더 좋은 에너지를 내뿜고 만들어 낼 수
있다.
_오프라 윈프리

오프라 윈프리는 모르는 사람이 없을 정도로 세계에서 가장 영향력 있는 인
물이다. 흑인 사생아로 태어나 사촌오빠에게 강간을 당하며 불우한 어린 시절
을 보냈다. 열네 살 때는 아이를 낳았지만 얼마 뒤 죽게 되었다. 이런 환경 속
에서 나라면 어떻게 살았을까 생각을 해 보았다. 나도 오프라 윈프리처럼 이런
악조건에서도 감사함을 찾으며 성공할 수 있었을까.

① 오늘 아침 잠자리에서 거뜬히 일어날 수 있게 되어서 감사합니다.

② 유난히 눈부시고 파란 하늘을 보게 해주셔서 감사합니다.

③ 점심때 맛있는 스파게티를 먹게 해주셔서 감사합니다.

④ 오늘 방송일이 순조롭게 끝난 것에 감사합니다.

⑤ 좋은 책을 읽었는데 그 책을 써준 작가에게 감사합니다.

이것은 오프라 윈프리의 감사일기이다. 특별하게 큰 감사들이 아니라 일상에서 작은 일들을 감사 하고 있다. 행복은 우리가 살면서 당연하게 생각했던 작은 감사에서 시작된다. 작은 감사들이 모여 큰 감사가 되고 그것이 우리에게 행복을 가져다준다는 걸 오프라 윈프리를 통해 알게 되었다.

며칠 전 아이들을 유치원에 보내고 집을 청소한 뒤 아침 겸 점심을 먹기 위해 라면을 끓였다. 나도 모르게 허밍을 하며 흥얼거리기 시작했다. 그동안 아이들 때문에 보지 못한 드라마도 볼 수 있었다. 그 순간 눈물이 날 정도로 행복함을 느꼈다. 아이들이 울지 않고 유치원에 간 것도 감사했고 혼자 있는 시간이 주어진 것이 감사했다. 보고 싶었던 '태양의 후예'를 연속으로 볼 수 있어서 감사했다. 감사하다 보니 정말로 행복하다는 마음이 자연스럽게 생기기 시작했다. 행복은 멀리 있는 것이 아니라 내가 손만 뻗으면 있었다. 그동안 너무 멀리서 찾았던 것 같다. 나는 감사의 또 다른 이름이 행복이라는 것을 알게 되었다.

집이 망하고 아버지가 돌아가시면서 운명을 저주했다. 신용불량자와 알코올중독으로 살고 자살시도를 하며 세상과 단절하려 했다. 아이가 아프면서 이 세상의 모든 불행은 내가 다 안고 있는 것처럼 우울증에 빠졌다. 시련과 고통 속에서 감사함을 빨리 찾았다면 지금보다 더 많은 행복을 누리며 살았을지도 모르겠다. 매일 아침 일어나서 감사 일기를 쓰기 시작하면서 내 삶이 변하기 시작했다. 작은 일에 감사하고 가진 것을 감사하며 살기 시작했다. 아이가 아프지만 살아있다는 것으로 감사하기 시작했다. 우리 아이보다 더 많이 아픈 아이들을 보며 감사하기 시작했다.

팔다리가 없이 태어난 닉 부이치치를 모르는 사람이 없을 것이다. 닉 부이치치는 자신의 장애의 한계를 넘어서 스스로 얼마나 행복한 삶을 살고 있는지 전 세계 사람들에게 희망을 전도하고 있다. 가진 것에 감사하는 마음이 얼마나 중요한지 닉 부이치치가 깨닫게 해주었다. 우리 아이보다 더 장애를 가진 아이들도 있고 나보다 더 힘든 시련과 고통을 겪은 사람들이 많다. 내가 제일 힘들다고 생각했던 내 자신이 부끄러워지기 시작했다.

나는 아침에 눈 뜨자마자 감사 일기를 쓰지만 꼭 아침에 일어나서 쓰지 않아도 된다. 내가 편한 시간에 생각이 날 때마다 써도 좋고 말로 해도 좋다. 엄마가 긍정적인 말을 많이 할수록 아이들은 그대로 배운다. 내가 감사 일기를 쓰면서 달라진 것은 아이들도 감사함을 표현하는 아이들이 되었다는 것이다. 자기 전에 아이들과 항상 하루 동안 감사한 일들을 얘기하며 잠을 잔다. 아이들이 좋아하는 인형이 물어보는 방법으로 해주면 더 재밌어한다.

"오늘 하루 동안 감사한 것을 한번 말하고 자볼까?"

"오늘 엄마가 장난감 사줘서 너무 감사했어요."

"오늘 엄마가 놀이터에 가서 신나게 놀아줘서 감사했어요."라고 말하며 아이들은 잠이 든다. 자기 전에 감사한 말을 하고 자니 아침에 기분 좋게 일어난다. 가짜감사여도 좋다. 습관만 된다면 가짜감사가 나도 모르는 사이에 진짜 감사가 된다. 나는 감사의 힘으로 절망적인 상황을 극복했다. 관점만 조금 달리하면 불행한 순간을 감사로 바꿀 수가 있다. 그럼에도 불구하고 감사한 마음만 있다면 어떤 시련이 와도 시련이 아니라고 믿게 된다.

오늘부터 나와 함께 감사 일기를 써 보자.

감사 십계명

① 생각이 곧 감사다

② 작은 것부터 감사하라

③ 자신에게 감사하라.

④ 일상에 감사하라.

⑤ 문제를 감사하라(문제에는 항상 해결책이 있다)

⑥ 더불어 감사하라.

⑦ 그럼에도 불구하고 감사하라.

⑧ 잠들기 전에 감사하라.

⑨ 감사의 능력을 믿고 감사하라

⑩ 모든 것에 감사하라.

엄마의 독서

하루 중 행복한 시간이 언제냐고 물어보면 아이들이 자는 시간이라고 말하는 엄마였다. 지금 행복한 시간이 언제냐고 물어보면 새벽에 일어나 책 읽는 시간이다. 내가 책을 읽는다고 했을 때 사람들은 코웃음을 쳤다. 당연하다. 나에게 책은 뜨거운 라면을 받치는 받침대로만 사용했던 사람이었으니까.

정약용, 소크라테스, 카네기, 헬렌 켈러, 링컨, 나폴레옹, 빌 게이츠, 오프라 윈프리, 괴테, 아인슈타인 등 많은 세계위인들은 서로가 아무 관련도 없을 뿐더러 시대를 달리 살았던 인물들이다. 가난한 환경이건 돈과 명예가 뛰어나건 그런 조건에 상관없이 이들은 모두 독서광이었다. 성공한 사람들과 세계위인들의 비밀은 바로 책이었다.

다산 정약용은 18세기 조선시대 실학자이다. 그를 아끼던 정조가 죽자 무려 18년 동안 유배 생활을 했다. 지금으로 말하면 감옥살이나 다름없었다. 그는 유배지에서도 책을 읽고 글쓰기를 쉬지 않으셨다. 책 읽기를 너무 좋아해서 발목의 복사뼈가 구멍이 날 정도로 독서를 하셨다. 이를 "과골 삼천"이라고 한다. 앉아서 할 수 없게 되자 서서 독서를 하셨다고 한다.

다산 정약용이 유배지에서 아들들에게 쓴 편지에서도 독서만이 살길이라는 가르침을 주고 있다.

"망한 집안의 아들로서 잘 처신하는 방법은 오직 독서 한 가지밖에 없다. 너희들이 만약 독서를 하지 않는다면 나의 저서가 쓸모없게 된다. 나의 책이 쓸모없게 되면 나는 열흘도 못 되어 병이 날 것이다. 병이 나면 고칠 약도 없을 것이다. 그렇다면 너희들이 책을 읽는 것이 내 목숨을 살리는 길이 아니겠느냐?"라고 말할 정도로 책 읽기를 강조하셨다.

이 이야기를 읽고 아이들에게 책을 접할 기회를 주지 않고 미디어를 더 많이 접해 준 것에 부끄러워졌다.

결혼 전에는 교대근무로 밤낮없이 풀가동되는 기계처럼 살았다. 결혼 후에는 애를 연달아 낳고 키우느라 바쁘게 살았다. 내 삶의 책이 비집고 들어올 곳은 없었다. 회사가 끝나면 바로 술집으로 달려갔고 아이들이 잠이 들면 TV 리모컨을 잡았다. 틈새 시간이 생기면 어떻게든 쉬고 싶고 자고 싶은 마음뿐이었다.

그러던 어느 날 우연히 김미경 강사님의 '꿈이 있는 아내는 늙지 않는다.'라는 책을 읽게 되었다. 아내로 엄마로 딸로 며느리로만 살아온 내가 다시 내 이름을 찾고 싶어진 책이었다. 나는 항상 운이 없는 사람이라고 생각했고 불행보따리만 짊어지고 가는 사람이라고 생각했다. 한 번도 변화하려고 시도조차 하지 않았다. 이 책을 읽고 망치로 머리를 한 대 얻어맞은 기분이 들었다. 꿈이 없어서 이렇게 늙어가는 것 같은 기분이 들었다.

내가 힘들 때면 사람들에게 나약한 소리만 해댔다. 사람들은 나를 위로해주었고 힘내라고 해주었지만 그 말이 가슴에 와 닿지 않았다. 알지도 못하면서 입바른 소리 한다고 오히려 더 짜증을 냈다. 아이의 갑작스러운 병은 나에게 큰 충격이었다. 하늘이 나에게 벌이라도 내리는 것처럼 감당하기에 너무 힘들었다. 신은 감당할 수 있을 만큼의 시련을 준다더니 난 감당할 수가 없었다.

바닥에 주저앉아 일어설 수 없었을 때 블로그 이웃인 이은대 작가님을 알게 되었다. 이은대 작가님은 한때 잘나가는 대기업에 다니며 남부럽지 않게 살았다. 사업실패로 신용불량자가 되었고 알코올중독자가 되었다. 걷잡을 수 없는 빚 때문에 자살을 결심하지만 불발이 되고 결국 감옥에 가게 되었다. 다산 정약용 선생이 유배지에서 글을 쓰고 책을 읽은 것처럼 이은대 작가님도 감옥에서 글쓰기를 하셨다. 감옥에서 나온 뒤 막노동을 하며 생계를 유지하면서도 글쓰기를 계속하셨다. 지금은 이은대 자이언트 스쿨를 만들어 많은 제자들의 책 출간을 도와주고 계신다.

작가의 삶을 읽으면서 눈물이 났다. 감옥 간 거 빼고는 나와 비슷한 삶을 산 작가님의 삶에 눈물이 났다. 힘든 상황에서 좌절하지 않고 자신의 꿈을 이루면서 다른 사람의 꿈을 도와주는 작가님에게 감동을 하였다.

독서는 이렇게 작가의 삶 이야기를 통해 내가 변화될 수 있어야 한다. 〈일독일행〉의 저자 유근용 작가님은 '나'를 잃어버렸다는 생각과 삶을 바꾸고 싶다는 마음이 간절할 때가 바로 책을 읽어야 할 때라고 하셨다. 나는 우울했던 삶을 바꾸고 싶었다. 그 뒤부터 새벽에 일어나 매일 책을 읽기 시작했다. 일 년에 한 권 읽을까 말까 했던 내가 일주일에 3권씩 읽기 시작했다. 책을 읽을 때도 방법이 있는지 몰랐다. 그냥 한번 눈으로 읽고 덮기만 하면 책을 읽는 것이라고 생각했다. 읽을 때는 "맞아 맞아" 끄덕이면서 뒤돌아서면 잊어버린다. 그 뒤로 책을 읽고 블로그에 짧게 서평을 남기기 시작했다. 독서 노트를 만들어 읽기 시작한 날짜와 읽은 날짜를 기록했다. 마음에 와 닿는 문장이 있으면 필사를 하며 한 번 더 가슴에 새기면서 독서를 시작했다. 우리가 매일 밥을 먹듯이 우리 마음에도 책이라는 양식을 주어야 한다. 절망의 끝에서 내가 다시 일어설 수 있었던 것 중 또 하나가 독서였다.

주말이 되면 혼자 육아를 해야 하는 날이 많았다. 아이들과 온종일 있다 보면 하루 동안 내 시간이 주어지지 않았다. 요즘은 아이들을 데리고 실내 놀이터를 가거나 레고 방을 간다. 나갈 때 항상 책을 가방에 챙기는 습관이 생겼다. 아이들이 실내 놀이터나 레고 방에서 1시간 정도 놀면 틈새 독서를 할 수 있었다. 예전 같았으면 핸드폰을 보고 아이들만 바라보던 내가 틈이 생기면 가방에서 책을 꺼내기 시작했다. 책을 읽는 시간이 없다면 틈새 시간을 이용해 한두 장씩 책을 읽는 습관을 들여 보는 것도 좋은 방법이다.

책을 좋아하기 시작하면서 독서모임을 시작했다. 글쓰기를 좋아하고 책을 좋아하는 사람들과의 모임이었다. 책을 편식하며 읽었던 나에게 골고루 책을 먹을 수 있게 해주었다. 같은 책을 읽고도 서로 다른 생각을 가지고 있다는 것을 알게 되면서 새로운 경험을 하게 되었다. 책을 좋아하는 사람들은 대부분 긍정적이고 열정적인 사람들이 많다. 나와 함께 독서모임을 하는 사람들도 자신의 꿈을 위해 노력하거나 열정이 가득한 사람들이다. 함께 있으면 좋은 기운과 에너지를 받을 수 있어서 좋다. 책을 읽고 싶지만 의지가 부족하다면 독서모임을 해보는 것도 좋은 방법이라고 말해주고 싶다.

내가 책을 좋아하기 시작하면서 아이들도 변하기 시작했다. 아이들의 독서

습관을 키우고 싶었지만 방법을 몰랐다. 읽기독립을 시켜야 하는데 어떻게 해야 할지 몰랐다. 어느 날부터인가 아이들이 책 읽으라는 소리를 하지 않았는데 조용히 앉아서 책을 읽고 있었다. 특히 우리 아들은 책을 좋아하지 않는 아이였다.

"엄마! 엄마는 책 읽는 게 좋아요?"라고 아이가 물어보았다.

"엄마는 책 읽는 게 너무 재밌고 너무 사랑해."라고 얘기해주었다. 엄마가 하는 말이나 행동을 그대로 모방하는 아이들은 그 뒤로 책을 좋아하기 시작했다. 책을 좋아하는 아이로 키우고 싶다면 책을 읽는 엄마의 모습을 먼저 보여주자. 부모는 책을 읽지도 않으면서 아이들에게 "책 읽어라. 공부해라." 라고 말 한다면 아이들에게 신뢰를 줄 수가 없다. 나는 공부를 잘하면 좋겠지만 그보다 책을 좋아하는 아이들이 되었으면 좋겠다.

내가 책을 읽기 시작하면서 아이들이 변하고 내 삶이 변하기 시작했다. 그것만으로 나는 성공을 한 거라 생각한다. 그동안 왜 그렇게 책을 읽지 않았는지 후회가 된다. 서점에 가면 막 인쇄되어서 나온 따끈한 책들을 보면 막 구운 빵처럼 배고파진다. 빨리 뜯어먹고 싶은 생각이 간절해진다. 하루라도 책을 읽지 않으면 금단현상처럼 책을 찾을 때도 있었다. 요즘 아이들을 등원시키고 도서관으로 출근한다. 고3 때 지옥같이 느껴졌던 도서관이 나에게 천국처럼 행복한 곳이 되었다.

절망 속에서 내가 다시 일어설 수 있었던 것은 책이었다. 누구의 말도 위로가 되지 않을 때 내 곁엔 책이 있었다. 책은 나의 벗이자 스승이었다.

지금 많이 힘들고 지친다면 나에게 위로와 용기를 주는 책을 읽어보자.

엄마의 글쓰기

어릴 적 꿈이 무엇이었냐고 물어보면 기억이 나지 않는다. 기억이 없다는 것은 꿈이 없었거나 그렇게 간절하지 않았다는 얘기다. 지금 나는 30대 끝자락을 붙잡고 있다. 이제 나에게 꿈이 무엇이냐고 물어보면 자신 있게 말할 수 있다. 나는 이제 내가 살아가는 이유와 가치를 깨닫기 시작했다. 나의 본질을 알게 해주고 나의 존재의 가치를 깨닫게 해준 것이 바로 글쓰기였다. 글쓰기를 통해 나는 꿈을 찾았고 그 안에서 어깨를 나란히 하며 함께 걸어갈 꿈 친구들도 찾았다. 글쓰기는 깊숙이 땅속으로 꺼져가는 내 삶의 한 줄기 빛으로 다가왔다. 글을 쓰고 책을 내는 것이 학식이 있는 브레인들만이 할 수 있는 것으로 생각했다. 글 쓰는 재능 있는 사람만이 할 수 있는 것이라고 생각했다. 한 번도 글을 써 본 적도 없었고 일기조차 언제 써봤는지 기억도 나지 않는다. 내가 글쓰기를 알게 된 것은 우연히 알게 된 이은대작가님의 〈내가 글을 쓰는 이유〉라는 책 한 권 때문이었다. 이 책이 나의 인생과 나의 꿈을 바꿔놓을지 상상도 못 했다. 작가는 나만의 글쓰기를 통해서 진정한 나를 만날 수 있고 시련과 절망도 치유할 수 있다고 했다. 정말 글을 쓰는 것만으로 상처가 치유될 수 있을까 의심이 들었다. 밑져야 본전인 심정으로 글을 써 보기로 마음먹었다. 내 마음속의 응어리를 백지 위에 다 토해내기 시작했다.

하루에 한두 줄 쓰던 것이 점점 두세 줄로 늘어나면서 나중엔 한 페이지를 쓰게 됐다. 앞뒤 문장도 맞지 않은 유연한 글은 아니지만 내가 글을 쓰면서 울고 있었다. 부모의 파산으로 학교를 휴학하고 공장에 들어가 밤낮이 바뀐 삶을 살았던 나와 마주했다. 어깨에 짊어진 빚 때문에 자살을 시도하기도 하고 술로 방탕한 생활을 하며 부모를 원망했던 나와 이야기를 할 수 있었다. 아이의 병으로 마음고생 하는 나를 위로해 줄 수 있었다.

그동안 힘들었지! 너를 너무 방치해서 미안해.
혼자 많이 외로웠지? 챙겨주지 못해서 미안해
이 험한 세상 잘 버텨줘서 고마워
잘 살아줘서 고마워.
이제 너를 챙기면서 살게.

나를 다독여 주고 나니 마음이 깃털처럼 가벼워졌다. 그동안 해왔던 원망들이 나를 어두운 구덩이로 밀어 넣는 일이었다는 것을 깨닫게 되었다. 글을 쓰면서 마음에 껴있는 묵은 찌꺼기들과 먼지들이 씻기는 것 같았다. 나를 힘들게 한 것이 부모가 아니라 모두 나의 선택에 의한 것임을 인정하기 시작했다. 객관적으로 나를 바라보고 나서야 나는 원망에서 자유로워지고 있었다. 부모님의 사업실패는 억울해할 일도 아니었고 내가 공장에 들어가 힘들게 일한 것도 나의 선택이었다. 결혼도 나의 선택이었다. 글을 쓰는 동안 과거의 상처가 치유되고 억울한 분노들이 사라지는 것을 경험했다. 나의 상처를 치유해주고 오로지 나로 살아갈 수 있다는 믿음이 글쓰기를 통해 알게 되었다.

나에게 생기는 모든 부정적인 감정이나 일상적인 일들을 글을 쓰며 기록하기 시작했다. 화나는 일이 생길 때나 마음을 통제하지 못할 때도 너무 화가 난다고 종이에 썼다. 나를 화나게 하는 사람을 향해 욕을 쓰기도 했다. 처음엔 큰 바윗돌 같았던 나의 분노가 점점 작은 알갱이로 쪼개지면서 모래알처럼 흩어져 날아가는 것 같은 기분이 들었다.

한번은 미용실에 오랜만에 가게 되었다. 육아하면서 아이들을 떼놓고 마음 편히 미용실을 가기란 쉽지 않다. 남편의 배려가 있어야만 가능했다. 여자들은 우울하거나 기분이 안 좋은 날엔 머리 스타일을 바꾸며 기분전환을 한다. 나 또한 미용실을 가기 전부터 기분이 붕 떠 있었고 예쁘게 나올 나의 스타일을 상상하며 온종일 기분이 좋았다. 파마를 너무 하고 싶어서 미용사에게 원하는 머리 스타일로 해달라고 했지만 파마는 제대로 나오지도 않았다. 파마 전과 후가 크게 달라진 것이 없었는데 10만 원을 달라고 했다. 그날 하루 종일 너무 화가 나고 짜증이 났다. 미용사의 자격을 바닥까지 끌어내리며 비난했다. 거울 속에서 화가 난 일그러진 나의 얼굴을 보고 나서야 멈춰야 한다고 생각했다. 다음 날 다른 미용실을 찾아갔다. 다행히 실력 있는 미용사를 만나 내가 원하던 스타일보다 더 예쁘게 해주셨다. 나의 속상함을 아셨는지 가격도 저렴하게 해주셨다. 나는 이날 겪었던 일들을 글로 쓰기 시작했다.

그때 내가 집에 와서 쓴 글쓰기 내용이다.

신랑의 배려로 아이들을 맡기고 미용실을 갈 수가 있었다. 머리 스타일을 바꾸면 예뻐질 내 모습을 상상하니 하루 종일 기분이 너무 좋았다. 그런데 내 생각대로 스타일이 나오지 않았고 오히려 어색해진 내 모습에 화가 났다. 돈도 너무 아까웠고 무엇보다 미용사에게 너무 화가 났다. 발로 말아도 이 정도는 하겠다 싶었다. 이 여자 자격증은 있는 건지 생각했지만 그 미용사가 아니었다면 실력 있는 미용사를 만나지 못했을 것이다. 오히려 내 머리를 망친 미용사에게 고마워해야겠다.

이렇게 기분 나쁜 일이나 화가 나는 일들을 모두 글을 쓰니 화와 미움이 작아지면서 마음의 평정심을 찾게 되었다. 감정의 파장이 줄어들기 시작했다. 글쓰기가 나를 만나는 시간을 가질 수 있었고 마음의 평정심도 찾게 해주었다.

우리는 살면서 자신의 감정을 통제하지 못하고 버럭할 때가 종종 있다. 내 감정의 주인으로 살지 못하고 끌려 다니게 되면 사소한 말과 행동에 신경이 곤두서고 그 사람이 왜 저런 말을 하지? 나한테 무슨 감정 있나? 하루 종일 기분 나쁜 생각을 데리고 다닌다. 그러다 보니 항상 인상 쓰게 되고 웃을 일이 없어진다. 누구 하나 잘못 걸리는 날이면 초상 치르는 날이 된다. 이런 감정을 그때그때 풀지 못하고 마음 한곳에 쌓아두면 우리 혈관의 달라 붙어있는 콜레스테롤처럼 찌꺼기가 남는다. 마음 찌꺼기가 있다면 글쓰기로 깨끗하게 씻어 낼 수 있다고 말해주고 싶다.

만약 글을 쓰고 싶다면 많이 읽고 많이 써라
_스티븐 킹

매일 집에서 살림만 하던 엄마가 갑자기 글을 쓰고 책을 낸다고 하면 모두 비웃을지도 모른다. 시도에 대한 두려움과 포기만 하지 않는다면 불가능은 없다고 생각한다. 글쓰기는 매일 무조건 쓰기만 하면 된다. 나도 글을 쓰다 보면 무슨 말인지 모를 때가 많다. 그래도 매일 글을 썼다. 매일 책을 읽고 좋은 글귀가 나오면 노트에 그대로 베껴 쓰기 시작했다. 이것을 필사라고 한다. 나는 매일 부분 필사를 하기 시작했다. 시간이 갈수록 글쓰기가 재밌어졌다. 독서와 필사를 꾸준히 하다 보니 저절로 글쓰기가 편해지고 문장력이 부드러워지기 시작했다. 글은 쓰면 쓸수록 글쓰기 실력이 향상되는 것을 느끼게 되었다.

집에서 혼자 글쓰기를 하다가 전문적으로 글쓰기 강의를 듣고 싶어졌다. 나는 바로 이은대 자이언트 스쿨에 강의를 신청했다. 책으로만 만났던 저자를 직접 만나서 강의를 듣게 되니 가슴이 벅차고 설레었다.

글을 쓰고 책을 쓰는 이유는 독자의 삶을 변화시키기 위해서이다.

책을 많이 팔아서 돈을 벌기 위한 목적이라면 책을 쓰는 과정이 고통이 될 수 있다. 책 쓰기는 노동이 되어서는 안 된다.

절대 책 쓰기의 본질을 벗어나지 말아야 한다.

책 쓰기의 본질은 독자들에게 희망과 용기를 주는 것이다.

독자들로 하여금 나만 힘든 것이 아니구나. 라는 공감을 이끌어 낼 수 있어야 한다.

글을 쓰는 순간에는 머리와 가슴과 손이 하나가 되어야 한다.

작가님이 강의 때 하시는 말씀을 놓치지 않으려고 긴장하며 들었다. 강의를 듣고 나니 책을 꼭 쓰고 싶었다. 글쓰기의 본질을 알고 나서부터 글쓰기의 매력에 빠지기 시작했다.

한 권의 책을 하루아침에 쓸 수는 없다. 글쓰기 강의에서 배운 대로 하루에

2.5매를 매일 쓰기 시작했다. 그것이 35일이 지나면 거의 A4용지 100장이 된다. 강의가 끝나고 온라인 코칭을 통해 책을 출간할 수 있도록 도와준 이은대 작가님에게 너무나 감사하다. 책을 쓰면서 많은 힘든 과정이 있었지만 그때마다 고비를 잘 넘겨 한 권의 책이 완성됐다. 할 수 없을 거라고 생각했던 일들이 기적처럼 일어나고 있었다. 내가 절망의 끝에서 아픔을 치유하고 일어설 수 있었던 것은 바로 글쓰기였다. 나도 글을 쓰고 책을 썼다. 그러므로 누구나 글을 쓰고 책을 낼 수 있다고 말해주고 싶다.

엄마의 배움

좋은 사람들과 독서모임을 하기 위해 대전에서 천안행 기차를 탄다. 가까운 곳에서 할 수도 있었지만 글 쓰는 작가들과 책을 읽고 친하게 지내고 싶었다. 아이들을 등원시키고 기차표를 예매하기 위해 역을 갈 때면 기분이 설렌다. 또 다른 세상으로 향하는 기차를 탄 것 같다. 창문 사이로 비추는 햇살은 솜이불처럼 따뜻하다. 가방에서 나의 벗인 책과 함께 여행을 떠날 때면 세상에서 가장 행복한 사람이 된다.

이번 독서모임 책은 논어로 시작했다. 육아서적과 자기계발 책만 편식하며 읽었던 나에게 영양가 있는 보양식이나 다름없었다. 논어는 공자의 언행록으로 제자들과 나눈 대화를 기록한 책이다.

"배우고 때때로 그것을 익히면 또한 기쁘지 않은가!"라고 공자께서 말씀하셨다. 배움이 얼마나 중요한지 첫 장부터 알려주고 있다.

배우는 것이 즐거운 적이 없었던 학창시절이었다. 책을 읽거나 공부도 적성에 맞아야 하는 것이라고 생각했다. 부모의 기대 때문에 하기 싫은 공부를 억지로 했다. 배우는 것이 나와는 맞지 않는다고 생각했다. 나이를 먹고 30대가 되니 새로운 것을 배우고 싶은 욕구가 강해지기 시작했다.

10년 동안 공장에서 20대를 보내면서 책 한 권도 읽지 않았고 작은 것 하나 배워 본 적이 없었다. 그런 내가 회사를 그만두고 배움에 굶주린 사람처럼 하고 싶은 것이 많아지기 시작했다.

호주 여행을 다녀오고 영어에 대해 관심이 많아졌다. 우연히 교회에서 원어민 선교사가 영어를 가르쳐준다는 정보를 듣고 신청을 했다. 인원이 모이지 않아서 폐강될 수 있었다. 너무 간절히 배우고 싶었기 때문에 카페에 글을 올려 인원을 모집하기 시작했다. 나의 적극적인 행동으로 원어민 영어강의가 개설되었다. 내가 하고 싶어서 한 영어공부라서 그런지 너무 재밌었다. 배우고 싶다고 생각만 하기보다 바로 행동으로 옮기는 것이 중요하다는 것을 알았다. 나는 새로운 것에 도전하는 것을 좋아한다. 내가 해보지 않은 것. 전에 관심이 없던 것들을 배우다 보면 숨겨진 재능도 찾을 수 있을 거라 생각한다.

대부분 사람들은 사회적인 알람시계에 맞춰서 삶을 살아간다. 고등학교를 졸업하면 대학을 가야 하고 좋은 직장에 들어가야 한다고 알람을 맞추어 놓는다. 사람마다 맞추어 놓은 알람이 따로 있다. 때가 있다는 말이다. 나는 고등학교를 졸업하면 꼭 대학에 가야 된다고 생각했다. 적성에 맞지 않아도 대학교에 가지 않으면 내 인생은 루저의 삶이라고 생각했다. 배움에도 자기만의 알람시계가 있다는 것을 뒤늦게 알게 됐다. 배움에는 나이가 따로 없다. 배움에는 한계도 없고 정년도 없다. 죽을 때까지 내가 배우고자 하는 의지와 열정만 있다면 그만둘 수가 없는 일이다.

아이가 아프면서 잠시 배우는 것을 멈추고 오로지 아이만 바라봤다. 지금은 아이에 대한 나의 무거운 짐을 내려놓으니 다시 뭔가를 배우고 싶은 마음이 들기 시작했다. 새로운 것을 배우고 도전을 하면서 삶의 활력을 다시 찾기 시작했다. 매일 신세를 한탄하며 우울감에 빠졌던 나에게 배움은 절망 속에서 다시 일어설 수 있는 희망이었다.

저녁이면 남편과 술 한 잔을 하며 많은 대화를 나눈다. 부부간에 한 가지라도 코드가 맞으면 산다더니 우리 부부는 음주 코드가 잘 맞는다. 아이들 유치원 생활 이야기도 하고 회사나 집에서 있었던 일을 서로에게 얘기할 수 있어서 좋다. 둘이 기분 좋게 취하면 함께 음악을 듣는다. 남편은 기타 치며 노래하는 여가수를 좋아한다. 갑자기 남편이 "기타 한번 배워볼래?"라고 말을 하는 바람에 전혀 예상도 못했던 기타를 배우기 시작했다. 비가 오는 날에 기타를 치면 혼자 감성에 젖기도 한다. 내가 좋아서 시작한 악기는 아니지만 시간이 갈수록 기타매력에 빠지기 시작했다.

힘들어서 아무 생각하고 싶지 않을 때 난 기타를 꺼낸다. 기타 한 줄을 튕길 때마다 떨리는 울림이 마음을 위로 해줄 때가 많다. 나이를 먹을수록 나의 감성을 어루만져 주고 마음이 쉴 수 있는 음악이 좋다. 처음부터 잘하는 사람은 없다. 시작이 어렵지 한번 시작하면 누구나 할 수 있다. 처음 시작을 하지 못하는 이유는 자기 안에 두려움이 있기 때문이다. 못하면 어쩌지 하는 두려운 마음이 발목을 잡는다.

아이들에게 동요로 쳐주고 함께 노래를 부르다 보니 아이들도 엄마의 모습을 보며 자연스럽게 악기에 관심을 가지게 되었다. 뭔가를 배우는 것이 나만을 위한 일이 아니라는 것을 알게 되었다. 나의 배움이 사랑하는 사람들과 함께 행복을 누릴 수 있는 일이라면 난 끊임없이 도전하며 배우고 싶다.

남편은 1남 6녀 중 그 1남이다. 누나들 속에서 자라면서 감성적이고 꼼꼼하며 가정적이다. 어머니가 요리 솜씨가 좋으셔서 그런지 남편은 나보다 요리를 더 잘한다. 결혼 생활을 하면서 남편이 차려준 밥상이 더 많을 정도였다. 요리를 잘하는 여자들을 보면 여성적이고 사랑받는 여자처럼 보였다. 살림에 그다지 관심이 없는 나에게 요리나 바느질 같은 여성스러운 일들은 나와 맞지 않는다고 생각했다.

아이들이 유치원에 가고 자유부인이 되던 날 남편은 요리를 배워 보는 건 어떠냐고 했다. 그때부터 문화센터에서 요리를 배우기 시작했다. 재미없고 귀찮았던 요리에 빠지기 시작했다. 재료들이 마법을 부리는 것 같았다. 예쁘고 정갈하게 담긴 음식을 보면 기분이 너무 좋았다. 점점 요리의 세계에 빠지면서 제빵까지 배우기 시작했다. 나의 끊임없는 배움은 쉬지 않고 계속되었다. 요리와 제빵을 1년을 배우면서 점점 요리의대한 자신감이 생기기 시작했다. 시댁에 가면 설거지가 주 담당이 이었는데 이제는 시부모님을 위해 요리를 해드린다. 사랑하는 사람들을 위해 요리를 하고 그 요리를 맛있게 먹는 모습만 봐도 행복하다. 배움이 가정의 행복을 가져다주기도 한다.

배우기를 즐기면 그 무언가의 달인이 될 수 있다.
_프리드리히 니체

무엇하나 특별하게 잘하는 것이 없다고 생각했다. 재능이라는 것은 특별한 유전자들만의 특혜라고 생각했다. 이런 생각들이 배우는 기회를 놓치고 스스로 포기하게 만들었다. 배움이 스펙을 쌓기 위한 일로 생각하면 지루하고 고달프기만 하다.

하나를 배우더라도 즐기면서 하게 되면 즐거움을 넘어 다른 사람들을 행복하게 해주는 것이라는 것을 알게 된다. 중간에 포기만 하지 않고 꾸준히 배우기를 멈추지 않는다면 나도 모르는 재능을 조금씩 발견할 수 있다는 것을 알게 될 것이다.

지금보다 더 나은 내 모습을 상상하면서 배움을 즐겨보자. 배움의 즐거움이 쌓이다 보면 인생의 즐거움이 될 것이다.

배우는 것이 재밌었고 더 큰 이유는 뭔가 집중해서 배울 때 고민과 걱정을 잠시라도 잊을 수 있어서 좋았다. 아버지가 돌아가시고 공장을 다니던 그 시절 가만히 있으면 머리가 터져버릴 것 같았다. 머릿속은 온통 고민과 걱정들로 가득 찼다. 그때 나는 춤을 배웠다. 안무를 배우고 음악에 맞추어 춤을 출 때만큼은 아무 생각이 나지 않았다. 그 시간만큼은 정말 행복했다.

처음엔 나무토막처럼 뻣뻣하게 춤을 추었지만 매일 아침저녁으로 춤을 배우러 다녔다. 나중엔 공연도 하러 다녔고 춤에 대해 자신감이 생기기 시작했다. 자연스럽게 스트레스도 풀리게 되었고 우울한 기분도 없어지게 되었다. 나에게 배움은 아픔을 치료해주는 명약이었다.

사람이 힘들 땐 아무것도 하기 싫고 그냥 바닥에 주저앉고 싶어진다. 그럴 때 나에게 힘이 될 수 있고 즐거움을 줄 수 있는 것을 찾아서 도전해보자. 즐거움을 넘어서 자신의 마음을 치료해주는 반창고가 될 수 있는 것이라면 더 좋겠다.

엄마의 무한도전

무한도전이라는 리얼 버라이어티 예능 프로그램을 좋아한다. 6명의 연예인들이 나와서 무모한 도전을 하는 프로그램이다. 이 프로그램이 오랜 시간 인기를 받는 이유는 무엇일까.

사람들은 이들의 무모한 쓸데없는 도전에 사력을 다하고 분투하는 모습에서 공감과 희열을 느낀다. 자기 인생에서 한 번도 생각하지 못했던 일들을 도전하는 일은 쉽지 않다. 실패할 가능성과 성공할 가능성 사이에서 고민만 하다 주저하는 경우가 많다. 무한도전은 이중적인 가능성을 뒤로하고 무조건 무모하게 도전하는 점에서 사람들에게 재미를 주는 것 같다. 나 역시 무모하게 도전하는 것은 아니지만 호기심이 많아서 새로운 것을 자꾸 도전하는 것을 좋아한다.

10년 된 회사를 퇴직하고 내가 무엇을 하고 살아야 할지 고민이 되었다. 회사에서 단순노동만 해오던 내가 또 다른 일을 찾기란 쉽지 않았다. 새로운 직업을 찾기 위해 배워야 했다. 배우지 않고는 단순노동에서 절대 벗어날 수 없을 거라 생각했다. 친정엄마는 당뇨병이 있으셨다. 시어머니는 나이가 많으셔서 요양보호사 자격증이 있으면 도움이 될 것 같았다. 바로 학원에 등록해서 이론과 실습을 하며 자격증을 땄다. 어릴 적 할머니에 대한 기억 때문일까. 요양병원에 실습을 갔을 때 많은 할머니 할아버지들을 정성껏 돌보고 치료해 주었다. 직업을 선택할 때 적성이 무엇인지 찾은 다음 직업을 결정하기도 하지만 생각지도 못한 도전 속에서 적성을 발견할 수도 있다.

요양보호사 학원이 간호조무사 학원으로 바뀌면서 나는 또 한 번 도전하고 싶은 생각이 들었다. 간호사라는 직업은 내가 꿈도 꾸지 않았던 직업이었다. 새로운 일에 대한 호기심이 또 생겼다. 이론을 배우면서 간호학에 관심이 생겼다. 건강 상식부터 링거 주사를 놓는 것까지 배울 수 있어서 너무 재미있었다.

뭔가를 도전하고 배울 때마다 모두 적성에 맞는 것 같았다.

간호조무사 자격증을 따려고 공부하고 있을 때 뱃속에 첫째를 임신하고 있었다. 아이와 함께 열 달 동안 자격증을 따러 학원에 다녔다. 시험 보는 날엔 만삭의 몸으로 힘들게 시험을 치러 갔던 때가 생각이 난다. 아이의 출산으로 일할 수 있는 상황은 아니었지만 한 번도 해보지 않은 일을 도전하고 배울 수 있어서 뿌듯했다. 끊임없이 도전은 계속되었다. 도전이 그동안 배우지 못한 갈증을 해소해 주었다.

대학교를 중퇴하면 학력이 고졸이 된다. 아이가 학교에 가게 되면 부모의 학력을 쓰는 곳에 엄마의 학력을 고졸이라고 쓰는 것이 싫었다. 대학교를 다시 다닐 수 없는 상황이라 사이버대학을 다녔다. 사회복지학과를 전공으로 해서 2년 동안 공부하기 시작했다. 대학교 다닐 때 F 학점으로 도배했던 내가 다시 공부하기 시작했다. 사이버지만 대학교처럼 모든 것이 똑같았다. 2년 동안 시

힘을 보고 레포트를 내서 2년제 학사를 땄다. 점점 무엇을 해야 할지 선명해지기 시작했다. 지금은 아이를 키워야 하기 때문에 할 수는 없지만 아이들이 다 크고 나면 시골에 가서 사회복지센터를 차리고 싶다. 친정엄마와 시어머니는 물론이고 많은 노인들을 집에서 돌보는 사회복지센터를 꼭 운영하고 싶다.

육아를 하면서 지금은 할수 없지만 나중에 써먹을 일이 올 것이다.

아이들이 자라면서 육아에 대한 시행착오를 겪기 시작했다. 아이와 어떻게 감정소통을 해야 하는지 아이와 어떻게 놀아주어야 하는지 너무나 어려운 숙제로 다가왔다. 내 자식 하나 키우기도 힘든데 어린이집 선생님들은 10명이 넘는 아이들을 화를 한 번도 내지 않고 아이들을 돌보는 모습에 존경심마저 생기게 되었다. 내 아이들을 잘 키워 내기위해 나는 또 한 번 도전해보기로 했다. 보육교사 자격증을 따기로 했다. 확실히 배우기 전과 후는 많은 차이가 있었다. 아동학을 공부하면서 아이들을 더 많이 이해할 수 있었다. 아이들의 말과 행동에는 다 이유가 있다는 걸 알게 되었다. 어린이집으로 실습을 나가고 보조 선생님으로 일하면서 시간 가는 줄 모르게 재밌게 일을 했다.

아이를 어린이집에 보내고 걱정스러웠던 것들을 일하면서 많이 알게 되었다. 남편은 써먹지도 못하는 자격증은 왜 자꾸 따냐고 한다. 나는 그렇게 생각하지 않는다. 꼭 그것을 직업을 해서 돈을 벌어야만 한다고 생각하지 않는다. 내가 도전하는 과정에서 느끼는 열정과 두근거림이 나는 좋다. 꼭 직업이 되지 않아도 삶을 살아가는데 분명히 도움이 된다는 사실을 알고 있다.

할 수 있다는 믿음을 가지면 능력이 없을지라도 결국에는 할 수 있는 능력을 갖게 된다.
_마하트마 간디

모든 것은 마음먹기에 달렸다는 말이 있다. 내가 할 수 없다고 생각하면 할 수 없는 일이 되고 할 수 있다고 생각하면 할 수 있는 일이 된다. 시작할 때 '난 못해. 할 수 없어. 안되면 어떡하지?' 라는 부정의 생각을 가지고 뭔가를 도전해 본 적이 없었다. '한번 해볼까? 뭘까?' 라는 생각이 항상 먼저 들었다. 다른 사람들도 하면 나도 할 수 있을 것 같았다. 뭔가를 하고자 한다면 고민하지 말고 우선 도전해봤으면 좋겠다. "왜 안 될까?" 라는 생각보다 "어떻게 하면 될까?" 라는 생각으로 도전해 보았으면 좋겠다. 분명 나도 모르는 재능을 분명히 찾게 될 것이다.

내 도전에 또 한 번 자극을 준책이 있었다. 지수경 작가님이 쓴 〈인생을 바꾸는 아주 작은 습관〉이라는 책이었다. 지금도 꾸준히 하고 있는 도전 중에 하나이며 이것이 내 인생의 습관을 바꿔주는 큰 변화를 주었다. 집에서 된장찌개만 끓이던 평범한 주부가 갑자기 글을 쓰고 책을 쓰면서 강연자가 되는 모습에 강한 긍정적인 자극을 받았다. 어린 시절 아토피 질환으로 자존감 없던 작가가 어느 날 물 마시는 작은 습관 하나로 인생이 바뀐 것을 보고 나도 지수경 작가님처럼 살고 싶어졌다.

책을 받자마자 그 자리에서 일독하게 될 만큼 책 속에 빠져들게 되었다. 매일 아침 일어나 명상을 하고 물 한 잔 마시고 독서와 운동, 감사일기와 실행 노트를 적어가며 열심히 사는 작가의 모습을 그대로 도전해보기로 했다. 그렇게 하루도 빠짐없이 100일을 하고 나서 내 삶의 큰 변화들이 일어나고 있었다.

항상 부정적으로 살았던 내가 다른 시각으로 세상을 보기 시작했다. 감사 일기를 쓰면서 작은 사소한 것에 감사를 느끼고 있었다. 아침의 물 한잔과 명상으로 몸은 건강해지고 있었다. 점점 좋은 쪽으로 인생이 흘러가는 것만 같았다. 작은 습관들이 눈덩이처럼 커져 큰 습관으로 자리 잡기 시작했다.

아주 작은 습관을 실천하는 모범생처럼 나는 매일 실천을 했다. 나의 작은 도전들이 모여 큰 도전을 가능하게 했던 것처럼 작은 습관들이 점점 큰 습관으로 바뀌었다. 지금의 삶을 조금 변화시키고 싶다면 아주 작은 도전과 습관으로 매일 실천해보길 바란다.

산에서 내려오는 작은 물줄기가 모여 큰 바다를 이루는 것처럼 작은 도전들이 모여 큰 도전을 만들어 냈다. 내가 살아오면서 좌절하고 힘든 상황 속에서 계속 도전을 멈추지 않았던 것은 보이지 않는 희망을 찾기 위해서였다. 순간순간 포기한 적도 많았고 좌절한 순간도 많았지만, 도전만이 다시 웃으며 살아갈 수 있게 해주었다.

엄마의 꿈

내가 좋아하는 것이 무엇일까?

나는 무엇을 할 때가 행복할까?

내 꿈은 무엇일까?

이런 것들이 궁금해진다면 이제 당신은 간절하게 뭔가를 하고 싶어질 때가
온 것이다. 난 한 번도 위의 질문들이 궁금한 적이 없었다. 직장 다니다가 좋은
사람 만나서 결혼하고 애 낳고 잘 키우는 것이 꿈이었다. 결혼하고 막상 아이
를 키우고 살다 보니 어느새 내 나이가 몇 살인지 까먹을 정도로 나라는 존재
를 잊고 지냈다. 서른다섯이 넘어가면서 내 나이를 한참 생각해야 알게 되었고
누가 내 이름을 부르면 어색했다. 나를 소개할 때 내 이름보다 '민주 엄마. 규형
이 엄마'로 소개했다. 나는 어디에도 없었다. 내가 없는데 꿈은 있을 리 없었다.

꿈이 없으니 간절함도 없는 건 당연했다.

> 꿈을 품어라. 꿈이 없는 사람은 아무런 생명력도 없는 인형과 같다.
> _발타자르 그라시안 (Baltasar Gracian)

그동안 나는 꿈이 없는 인형으로 살아왔다. 꿈이라는 것은 밤에 잘 때나 꾸는 꿈이라고 생각하며 살아왔다. 인생의 굴곡 그래프에서 꿈을 생각할 수 있는 좌표 점을 찾을 수가 없었다. 성공한 사람들은 어려운 결핍된 환경에서 인생을 포기하지 않고 자신의 꿈을 위해 포기하지 않고 달린다. 결핍한 사람만이 꿈에 대한 강한 에너지가 나온다고 한다. 집이 망하게 되면 좌절하고 인생을 포기할 것인가. 아니면 다시 일어서기 위해 그 일을 발판으로 열심히 살아갈 것인가 둘 중 하나이다. 나는 어리석게도 인생을 포기하는 쪽을 선택했다. 엄마를 미워하고 원망하며 많은 시간을 허비했다.

1년 전부터 블로그를 시작하고 아이들과 놀이한 사진을 올리기 시작했다. 육아일기를 쓰면서 아이들이 더 크기 전에 추억으로 남겨주고 싶어서 시작했다. 이것도 나를 위한 것이 아닌 아이들을 위해서였다.

삶의 즐거움이라고는 사람들과 소통하고 엄마표 놀이를 공유하는 일이었다. 처음엔 아무 생각 없이 올린 놀이에 사람들이 감탄하고 내 놀이를 따라 하고 있었다. 여기저기 묻힌 물감이나 밀가루를 치우는 내가 사람들은 대단하다며 칭찬을 하기 시작했다. 자신감이 없던 내가 점점 놀이의 탄력이 붙기 시작하고 놀이 아이디어를 짜기 시작했다. 또 다른 나의 재능을 발견하게 되었다.

처음부터 가슴이 뛰어서 꿈을 발견하는 것은 쉽지 않다. 내가 좋아서 하는 일을 꾸준히 포기하지 않고 하다 보면 가슴이 떨리기 시작한다. 그것이 내가 찾고 있던 꿈이다. 처음부터 떨리는 꿈을 보물찾기라고 하듯이 찾아 헤매지 않아도 된다. 도전하고 시도하면서 내 심장이 뛰는 그 시점을 찾아내면 된다. 중국산 두부 하나로 시작했던 미술놀이가 3년이 되었다. 아이들은 엄마와 놀이를 할 때 행복해했다. 내가 하루 중 무엇을 할 때가 즐겁고 행복한지 생각해보니 아이들과 함께 놀이할 때라는 걸 알게 됐다. 이제 나에게도 꿈이 생겼다. 아이들과 함께 놀이한 것을 모아 책으로 만들고 싶어졌다. 아이들을 위하면서 내 꿈까지 이룰 수 있는 꿈을 드디어 찾았다.

꿈을 꾸고 간절히 원하면 꿈은 이루어진다.
_파울로 코엘료

간절히 원하면 이루어진다고 해서 무조건 이루어지는 것이 아니다. 반드시 행동이 뒤따라야 한다. 노력 없이는 어떠한 변화도 이뤄 낼 수가 없다. 우선 간절히 원하려면 끊임없이 꿈을 이룬 나의 모습을 상상하면 된다. 생생하게 그려낼수록 꿈길로 들어설 수가 있다.

〈꿈꾸는 다락방〉에서 이지성 작가는 꿈을 실현하려면 아주 강력한 자기 암시가 필요하다고 했다. R=VI (Realization=Vivid Dream) 는 생생하게 꿈꾸면 이루어진다고 말이다. 저자도 꿈만 꾸고 노력하지 않으면 꿈을 이룰 수 없다고 했다. 나는 육아 놀이책을 내고 자기계발서를 출간하는 상상을 하기 시작했다. 무엇보다 더 강력하게 꿈꾼 것은 민주의 병이 완치되는 것이었다. 눈을 감고 아이가 건강하게 뛰어다니는 상상을 했다. 아이 뇌의 흐르는 뾰족한 파장들을 작게 만들기 시작했다. 내 꿈도 중요하지만 아이가 건강해지는 것이 내 꿈이기도 했다. 아이의 완치판정 종이를 보는 모습을 상상할 때마다 눈물이 났다. 나는 매일 간절하게 상상을 하고 선명하게 상상을 한다.

연말이 되면 3사 방송국에서 동시간대에 경쟁이라도 하듯 연예인 시상식을 한다. 나는 연예인들의 잔치를 너무 좋아했다. 화려한 삶을 사는 사람들을 보며 대리만족을 느끼고 있었는지도 모른다. 내가 아닌 다른 사람이 상을 받는 것이 뭐가 그렇게 좋고 기분 좋았는지 모르겠다. 상을 받고 소감을 하는 연예인이 울기라도 하면 가족도 아닌 내가 왜 그렇게 펑펑 울었는지 모르겠다.

다른 사람이 이룬 꿈이 내가 이룬 것처럼 느껴서일까? 나도 그들처럼 살고 싶은데 살지 못해서 일지도 모른다는 생각을 했다. 남들의 꿈을 보며 좋아했던 내가 이제 내 꿈을 꾸기 시작했다. 내 꿈이 생기고 나서 남들 잔치가 재미가 없어졌다. 상을 받든지 말든지 나와는 상관없다는 생각을 하게 됐다. 내가 꾸는 꿈들을 실현하기 위해 드림 보드를 만들기 시작했다. 집에 있는 A1 코르크 보드에 내가 소망하는 것들의 사진을 붙이고 실현될 연도와 날짜를 함께 붙였다. 그리고 나서 모두 실현돼서 감사하다고 소망사진마다 붙였다.

드림 보드 만들기는 일본 아마존 베스트셀러 〈보물지도〉를 보고 저자가 하라는 대로 만들었다. 아침마다 책상 앞에 드림 보드를 보며 큰 소리로 말을 하고 꿈이 이룬 것처럼 내 모습을 상상했다. 우주로부터 나의 꿈이 이루어질 수 있도록 강하게 끌어당겼다.

"꿈과 목표를 종이 위에 기록하는 것, 그것이 가장 원하는 사람이 되기 위한 프로세스를 가동시키는 방법이다"
_마크빅터 한센

매일 아침 드림 보드를 보며 꿈 노트에 기록하기 시작했다. 기록하면서 생생하게 머릿속에 모습을 상상하며 써 내려가기 시작했다. 종이에 쓰는 것만으로도 꿈이 이루어질 수 있다는 것을 경험으로 알게 됐다. 드림보드를 만들고 기록한 지 7개월이 되어가고 있다. 12가지 소망과 꿈 중에 벌써 5가지가 실현되었다.

　실현하기 위해 계속 생각을 하니 저절로 행동으로 이어졌다. 꿈을 실현하기 위해서 무엇을 해야 할지 고민을 하고 실천에 옮기려고 노력했다. 꿈을 시각화하고 확언하고 기록하는 것이 얼마나 신기한지 꼭 경험해 봤으면 좋겠다.

　연말이 되면 새해 다짐을 하지만 작심삼일로 끝나거나 얼마 못 가서 관성적인 삶을 살게 된다. 꾸준히 포기하지 않고 꿈을 이루고 싶다면 나처럼 드림 보드를 만들면 좋겠다. 여건이 안 된다면 종이에다 써서 잘 보이는 곳에 붙여 보는 것도 좋은 방법이다. 내가 한 말이 의심이 들 수 있지만 필자를 믿고 꼭 해보길 바란다. 놀라운 삶을 변화를 경험할 것이다.

엄마의 행복

행복해서 웃는 게 아니라 웃어서 행복하다.
_윌리엄 제임스

우리는 행복한 일이 없어서 웃을 일이 없다고 한다. 실제로 행복한 일이 없더라도 가짜웃음을 짓다 보면 행복해진다는 것을 알지 못했다. 살면서 행복할 일이 없어서 웃지 않았다. 난 정말 잘 웃는 사람이었다. 사람들을 만나면 분위기를 잘 맞춰주고 호응을 잘하는 사람이었다. 갑작스럽게 집이 망하고 아버지가 돌아가시고 빚더미의 앉게 되면서 점점 웃음이 사라졌다. 아이가 아프면서 더 이상 웃지 않았다. 얼굴을 보면 그 사람이 어떻게 인생을 살아왔는지 알 수 있다. 살아온 인생은 얼굴에 그대로 나타난다.

잘 웃지 않아서 얼굴 근육들이 돌덩이처럼 단단하게 굳어버렸다. 힘들어도 그냥 웃어볼 걸 그랬다. 가짜웃음이라도 웃어볼 걸 그랬다. 웃으면 복이 온다는 말도 있지 않은가. 나는 요즘 억지로라도 거울을 보며 웃는 연습을 한다. 한순간의 표정을 바꿀 순 없지만 매일 행복한 생각을 하며 입가의 꼬리들을 끌어당기고 있다.

대부분 사람들은 돈이 없으면 불행한 삶이라고 생각한다. 돈만 있으면 더 이상 바랄 것 없이 행복할 거라고 생각한다. 그런 허황된 꿈을 꾸는 사람들은 주말이 되면 로또를 사기 시작한다. 인생 한방을 노리는 사람들이다. 나도 한때 매주 로또를 샀다. 토요일 저녁쯤이 되면 로또 방에 자동기계 앞에 줄을 섰다. 매주 꽝이 되면서도 로또 중독자가 되어가고 있었다. 돈이 인생의 전부라고 어릴 때부터 엄마에게 배웠다. 엄마는 돈이 없으면 항상 우울해하셨고 돈이 있으면 웃었다. 어릴 적 엄마는 달라는 대로 돈을 주셨다. 나는 손에 돈이 있으면 물 쓰듯이 돈을 썼다. 그러다 보니 엄마처럼 돈이 있어서 행복하다고 생각하며 살았다.

우리의 삶이 돈이 수단이 되어야지 목적이 되면 안 된다. 난 돈이 나를 따라오게 만들어야 하는데 돈의 뒤꽁무니를 졸졸 쫓아다녔다. 가족이 싫어서 도망치듯 선택한 결혼 생활도 처음엔 그다지 행복하지 않았다. 빚은 혼수였고 신혼집은 은행 빚이었다. 나는 부모에게 받은 거라고는 이불 한 세트가 전부였다. 우리는 맞벌이를 하면서 빚을 갚아야 한다는 생각밖에 없었다. 빚만 갚으면 행복할 거라고 생각했다. 오로지 돈이었다. 먹고 싶은 것도 못 먹고 사고 싶은 것도 못 사면서 그렇게 악착같이 돈을 모았다. 둘이 미친 듯이 돈을 벌어 그 많은 빚을 갚고 내 집을 마련했다. 이제 고생 끝 행복 시작이라고 생각했다. 빚도 없고 집과 차도 있는데 자꾸 마음속이 텅 빈 것처럼 허무하고 우울해지기 시작했다. 돈만 있으면 행복할 거라 생각했는데 행복하지 않았다.

왜 행복하지 않은 걸까.

생각해보니 결혼한 지 6년이 되도록 아이가 없었다. 이제는 아이만 생기면 행복할 거라고 생각했다. 하지만 아이는 쉽게 우리에게 오지 않았다. 결혼해서 돈만 있으면 행복할 것 같더니 아기가 없어서 불행하다고 생각했다. 사람의 욕망은 끝이 없는 것 같다. 왜 자꾸 부족한 것이 생기면 만족하지 않고 계속 채워 넣기만 하려고 했을까.

행복의 한쪽 문이 닫히면 다른 한쪽의 문이 다시 열린다. 그러나 우리는 매번 그 닫힌 행복의 문에 집착하여 좀처럼 새로 열리는 다른 쪽 문을 알아채기까지 너무 오랜 시간이 걸린다.
_헬렌 켈러

행복하지 않다고 절망하지 말고 닫힌 문만 보지 말아야 한다. 닫힌 문이 열리기만을 문 앞에서 기다리고 있지 말고 다른 새로운 문이 어딘가에 열려있을지도 모른다는 생각을 해야 한다.

나는 닫힌 문만 바라보며 열리기만을 기다렸다. 문이 열리지 않으니 문 앞에서 울기만 했다. 나의 부족함을 받아들이고 현재 가지고 있는 것들을 만족하며 살아야 했다. 신은 공평하신 것 같다. 돈이 있으면 자식이 없고 돈과 자식이 있으면 건강이 없다. 6년 만의 드디어 아이가 생겼다. 돈도 있고 자식도 있으니 건강하게 아이만 태어나면 더 이상 바랄 것이 없었다. 내가 이 세상에서 제일 행복한 사람이 된 것 같았다. 그런데 아이가 "응애"하고 태어나는 순간 행복은 사라져버렸다.

아이가 생기면서 자유를 포기해야 했다. 또 하나의 부족함인 자유를 갈망하며 살기 시작했다. 인생을 살면서 완벽한 삶은 없다. 불완전한 삶을 인정하고 받아 들여야 한다. 그렇지 않으면 나처럼 계속 부족함을 채우다 행복을 손에서 놓치고 만다. 아이들이 자라고 어린이집을 가면서 자유부인이 되었다. 육아맘들 사이에서 자유부인은 자유롭게 혼자서 돌아다니는 엄마를 말한다. 육아 세상에서 제일 부러운 것이 명품백도 아니고 명품 옷들도 아니다. 바로 자유부인이 되는 것이다.

돈이 있고 아이가 있고 자유도 있다. 이제 더 이상 바랄 것이 없다고 생각하며 하루하루 문화생활을 즐기며 살았다. 너무 행복했다. 이제 정말 불행 끝. 행복 시작이구나 생각했다.

그런 자유도 나에게 사치였을까.

2년 전 아이가 어린이집에 다녀온 후 바닥에 머리를 쿵 하고 부딪치며 숨을 쉬지 않고 시체처럼 누워 있었다. 그 충격은 죽을 때까지 잊지 못할 것 같다. 건강을 잃고 나서야 소중함을 느끼는 것 같다.

아이의 병은 나에게 청천벽력 같은 일이었고 내 인생의 불행이었다. 자식이 아프면 그 고통은 이루 말할 수가 없다. 대신 아파 줄 수 있다면 기꺼이 할 수 있는 것이 부모 마음이다. 대신 아파 줄 수도 없고 고통을 함께 할 수도 없었다. 감기에 걸리거나 열이 나면 잠깐 약을 먹으면 나을 수 있지만 아이의 병은 예측할 수 없는 병이었다. 땅바닥을 치며 울고 있을 시간이 나에게 없었다. 빨리 아이를 위해 미친 듯이 뛰어야 했다. 아이만 건강해진다면 나는 무슨 짓이라도 해야 했다. 돈과 자유가 행복이라고 생각했던 일들이 건강 앞에서 아무것도 아닌 게 되어 버렸다.

우리 아이와 같은 병을 가진 황수빈 작가를 알게 되면서 아이가 아파도 충분히 행복하게 살 수 있다는 것을 알게 됐다. 민주는 아플 때만 경련을 하기 때문에 내가 마음의 준비를 할 시간을 준다. 아이의 병을 인정하고 받아들였다. 아이의 존재 자체를 인정하기 시작했다. 아이가 내 품에서 숨을 쉬고 있다는 것만으로도 행복이라고 생각하는 순간 마음의 짐들이 가벼워지기 시작했다.

언제 또 아파서 쓰러질까 조바심 내며 긴장하며 살았던 일상이 편안해지기 시작했다. 심장이 하루에도 열두 번 빨래처럼 짜지는 고통도 사라졌다. 모든 두려움이 내 생각으로 생겼다는 걸 알게 됐다.

나에게 행복은 가족과 함께 있는 것이 행복이다. 가족과 함께 모여앉아 밥을 먹고 웃는 소소한 일상들이 나에게 행복이다. 아픈 아이의 엄마여도 나는 행복하다. 아이는 나에게 행복이 무엇인지 알려 주었다. 엄마가 행복해야 우리 아이들도 행복하다. 내가 웃어야 우리 아이들도 웃는다. 엄마라는 이름으로 아이들에게 행복한 엄마의 모습을 보여주고 싶다. 울보 엄마가 아닌 웃는 엄마의 모습을 보여 줄 것이다. 지난 시간을 되돌아보니 행복은 항상 내 옆에 붙어 다녔다. 옆에 붙어 있는 행복을 발견하지 못하고 멀리서 찾으려고만 했다. 우리는 행운이라는 네잎 클로버를 찾기 위해 세 잎 클로버를 발로 밟으며 행운을 찾아내려고 안간힘을 쓴다. 세잎 클로버가 행복인지도 모른 채 말이다. 행복한 삶에 뒤따르는 것이 행운이 오는 삶이다. 행운을 얻고 싶다면 내 발밑에 있는 행복의 클로버를 찾아보는 건 어떨까.

지금을 위한 세월이었던가

우리가 부모가 됐을 때 비로소 부모가 베푸는 사랑의 고마움이 어떤 것인지 절실히 깨달을 수 있다
_헨리워드 비처

봄이 되면 결혼하는 사람들이 많아진다. 나는 5월의 신부였다. 신부대기실에서 많이 떨었던 기억이 난다. 결혼식장에 가면 신부들이 부모님께 인사하면서 화장이 다 지워질 정도로 운다. 나는 눈물이 나지 않았다. 오히려 엄마가 초상집에 온 것처럼 결혼식 내내 우셨다. 지금 부모가 되어보니 그 심정을 이해할 수 있을 것 같다. 자신 때문에 도망치듯 결혼하는 딸에게 아무것도 해준 것이 없어서 그렇게 많이 우신 것 같다. 만약 내 딸이 그렇게 가버린다면 나도 우리 엄마가 그랬던 것처럼 많이 울었을지도 모른다.

지금 엄마는 좋은 분을 만나 잘 살고 계신다. 식당을 차리는 것이 꿈이었던 엄마는 지금 삼겹살집을 하고 계신다. 엄마는 태어나면서부터 평생 일만 하고 사셨다. 자신의 삶을 후회하며 자식들에게 항상 미안해하며 사셨다. 대장부처럼 항상 씩씩하고 목소리가 정말 컸던 엄마는 이제 다리가 아파서 절뚝거리는 할머니가 되셨다. 걸어가는 뒷모습을 보면 가슴이 아프다. 그렇게 미워했던 엄마라도 없었으면 내가 아이를 낳으러 갈 때 많이 외로웠을 것이다. 부부싸움을 하고 갈 곳이 없었을 것이다. 내가 자연분만을 하기 위해 17시간의 진통을 겪고 있을 때 내 곁에 있었던 이는 우리 엄마였다. 아기 낳을 때 힘을 주지 못할까봐 옆에서 음식을 해주던 이는 엄마였다. 17시간 내내 옆에서 기도를 해주신 이는 엄마였다. 내가 엄마가 되고 나서야 미운 엄마라도 옆에 있어 준 것만으로 너무 감사했다. 내가 산후풍에 걸려 아파했을 때도 내 옆에서 아이를 돌봐주셨다. 그때는 모든 것이 당연한 것처럼 생각하며 고마운 줄 몰랐다. 친정엄마는 다 그렇게 해주는 거라며 당연하게 생각했다.

엄마라는 말을 들었을 때 우는 친구들이 너무나 부러운 적이 있었다. 도대체 어떤 감정이 올라오기에 엄마만 생각만 하면 눈물이 날까. 궁금하기도 하고 부럽기만 했다. 난 어떻게 하면 엄마를 안 보며 살 수 있을까. 그 생각만 했다. 우리 엄마는 왜 저런 사람일까 부정하며 살았다. 엄마 때문에 힘들다고 생각했다. 사실 엄마 때문에 힘든 것이 아니라 나 때문에 힘든 것이었다. 남 탓을 하며 내 탓은 한 번도 하지 않았다. 이런 생각들이 아이를 낳고 엄마가 되고 나서야 친정엄마의 소중함을 알게 되었다. 한 번도 친정엄마에게 고맙다고 말한 적이 없다. 한 번도 엄마에게 사랑한다고 말 한 적도 없다. 언젠가 우리 엄마도 내 곁을 떠나겠지 하는 생각을 하니 눈물이 났다. 20년이 지나고 나서야 엄마라는 말을 들었을 때 눈물이 흘렀다. 너무 늦게 엄마에 대한 감사함을 알게 돼서 죄

송스럽다.

　며칠 전 일이다. 아이들과 마트에서 시간을 보내고 있었다. 전화벨이 울려 확인해보니 친정 오빠였다. 나는 오빠의 전화를 잘 받지 않는다. 이 세상의 형제라고는 단 둘뿐인데 나는 한 번도 오빠라고 생각하며 살지 않았다. 아버지가 안 계시면 오빠가 가장이 되어야 했다. 하지만 오히려 내가 가장 역할을 했다.

　내가 진 빚들이 모두 엄마와 오빠 때문이었다. 한 번도 살면서 미안하다고 한 적이 없는 오빠가 미웠다. 한 번이라도 미안하다고 했다면 그동안 내 마음속에 이렇게 응어리가 많이 남아 있지 않았을 것이라고 생각했다. 10년 동안 기름 냄새가 나는 공장에서 낮과 밤이 바뀐 생활을 했다. 장비에 머리카락이 빨려 들어가고 손이 찢어지면서 빚을 갚기 위해 참고 일을 했다. 결혼할 때 가족이 나에게 해준 것이라고는 빚뿐이었다. 어찌 내가 그들은 용서할 수 있었을까.

　엄마만 돌아가시면 오빠와 인연을 끊고 살려고 했다. 어릴 적 항상 오빠 뒤만 졸졸 쫓아다니며 놀았던 그때가 참 좋았다. 미술대회가 있을 땐 오빠가 그려준 그림으로 상을 받았던 그때가 좋았다. 철이 없었던 오빠도 결혼을 하고 나이를 먹어서일까. 자주 나에게 전화를 해서 안부를 묻는다. 안부조차 나는 부담스러웠다.

　전화벨이 울렸을 때 받을까 말까 고민을 하다가 받았다. 술을 먹은 것 같았다. 한 번도 나에게 미안하다고 한 적이 없던 오빠가 울면서 미안하다고 했다. 자기 친구랑 통화하다가 내 생각이 나서 전화를 했다고 했다. 친구의 여동생이 시집을 가는데 혼수를 보태준 모양이다. 그 얘기를 듣고 내가 생각났다고 했다.

"너 시집갈 때 오빠가 아무것도 못해줘서 정말 미안하다."

"나는 항상 너한테 미안한 마음이 있었어. 은영아."

"아버지가 돌아가시고 내가 가장인데 가장 역할도 못해서 정말 미안하다."

"너한테 피해만 주고 해준 것이 없어서 너무 미안해."

그렇게 듣고 싶었던 말이었는데 눈물이 났다.

"왜 울어. 울지 마."

"솔직히 그 말이 듣고 싶었는데 말해줘서 고마워."라고 말했다.

전화를 끊고 나서 내 마음속 체중이 한순간에 내려가는 느낌을 받았다. 매일 체한 것처럼 속이 답답하고 머리가 아팠는데 막힌 하수구가 뚫리는 것처럼 너무나 시원했다. 미안하다는 말을 들어야 용서가 되는 나 자신이 부끄러워졌다.

나무는 제 손으로 가지를 꺾지 않는다.
그러나 사람은 제 미움으로 가까운 이들은 베어버린다.
_톨스토이

그동안 소중한 가족들을 미워하며 살아왔다. 평생 화해가 되지 않을 거라고 생각했다. 내가 어떤 마음을 먹느냐에 따라 용서와 화해가 된다는 것을 알게 됐다. 아무리 상대가 미안하다고 무릎을 끊고 빌어도 내 마음이 허락하지 않으면 아무 소용이 없다. 나는 가족을 용서하기 시작했다. 어쩌면 나를 위해서 용서를 한 것이다.

〈내가 글을 쓰는 이유〉 저자인 이은대 작가님은 나의 마음속 고름을 빼내기 위해 글을 쓰라고 했다. 슬픔과 증오로 가득했던 마음이 해독되며 가벼워지고 이해와 용서로 따뜻해질 거라고 했다.

정말 그랬다. 글을 쓰기 시작하면서 고름들을 짜내기 시작했다. 마음속 응어리들을 다 토해내기 시작했다. 글을 쓰면서 아픔이 치유되고 미워했던 사람들을 용서하게 됐다. 글이라는 것이 이렇게 엄청난 효과를 불러일으킬지 상상도 못 했다. 이은대 작가님의 말이 맞았다. 글쓰기가 나를 찾아가는 여정이라는 말이 진리였다. 가슴이 이렇게 후련할 수가 없었다.

내가 이렇게 글을 쓰고 작가가 되려고 그동안 그렇게 나에게 아픔과 시련을 주신 걸까.

모든 일들이 지금을 위해 쓰이려고 그렇게 많이 아프고 힘들었다고 생각하니 눈물이 쏟아졌다. 글을 쓰면서 용서를 하고 화해를 할 수 있었다. 글을 쓰면서 울고 웃을 수 있었다.

절망의 낭떠러지에서 내 손을 붙잡아준 고마운 사람들이 있어 나는 오늘도 웃으며 살아간다.

한순간도 평온할 날이 없던 내 인생의 빛이 되어준 사람들이 있어 나는 오늘도 웃으며 살아간다.

인생이 어려운 일을 만났을 때 한 발짝 물러서서 바라볼 수 있어야 한다. 고난을 고난으로 바라보지 말아야 한다. 고난을 고난이라고 인정하는 순간부터 고통이 된다. 고난은 영원하지 않다. 고난이 끝날 때까지 삶을 포기하지 않고 참고 기다릴 수 있다면 반드시 웃을 날이 온다고 믿는다. 지금 힘든 당신이라면 용기를 가졌으면 좋겠다. 나의 삶 이야기를 통해 다시 웃을 날이 올 거라는 희망을 품었으면 좋겠다.

마치는 글

고속도로를 운전하면서 우리가 사는 인생과 비슷하다는 생각이 들었다. 목표지점인 인생의 톨게이트에 도달하기 위해 고속도로 위에서 서행하기도 하고 액셀을 세게 밟기도 한다. 차가 막혀 정체되는 구간도 있을 수 있다. 20대에 정체 구간을 만나기도 했고 결혼을 하면서 서행하기도 했다. 지금 나의 인생은 어느 구간에 와 있을까.

아마도 이제 교통이 원활한 구간에서 액셀을 밟을 준비를 하고 있는 듯하다. 힘들면 휴게소에 들러 쉬어가기도 하고 졸리면 쉼터에서 눈을 붙인다. 조급하게 몰아가지 않을 것이다. 앞서 가는 차들의 속도에 맞추지 않고 나에게 맞는 인생 속도로 달려갈 것이다. 편도만 가능한 고속도로 인생은 지나간 길을 거꾸로 달릴 수 없다. 오로지 앞만 보며 달려야 한다. 중간에 멈추기라도 하면 사고가 날지도 모른다. 속도는 다르지만 포기하지 않고 끊임없이 달려야 한다. 고속도로 위에는 나의 목표만 있을 뿐이다. 나에게 길을 알려주는 이정표처럼 꿈 멘토가 지나간 그 길을 따라 달려갈 것이다. 각양각색의 차들은 나와 함께 같은 목표를 향해가는 꿈 친구들이다. 속도는 다르지만 가는 길은 같다. 함께 외롭지 않게 갈 수 있는 친구들과 멘토가 있어서 행복하고 감사하다.

절망 속에서 희망을 품으면 다시 기회가 생길 수 있다는 믿음과 신념을 가졌으면 좋겠다. 죽도록 힘든 상황은 시간이 지나면 다 지나가기 마련이다. 끝날 것 같지 않은 시간처럼 느껴지지만 우리의 인생은 오르막이 있고 내리막이 있기에 지루하지 않은 과정일지 모른다. 아이가 아프고 병원을 집 드나들듯 하면서 처음엔 많이 절망했다. 희망이라는 것을 짜내도 한 방울도 나오지 않았다.

"불행에는 반드시 그와 동등한 가치가 감추어져 있다."
_나폴레온 힐

마치는 글을 쓰면서 나에게 문자 한 통이 왔다. 나폴레온 힐의 글귀가 가슴을 따뜻하게 해 주었다. 기대가 아닌 신념을 갖는 것, 그리고 마음의 여유를 가지는 것이 중요하다는 나폴레온 힐의 말처럼 나도 신념을 가지고 살아보기로 했다.

청각장애인 아들 마음속에 신념을 주고 비장애인으로 살 수 있는 용기를 준 나폴레온 힐처럼, 나도 우리 아이에게 아픔 속에 무한 가치가 숨겨져 있다는 것을 알려주고 싶다. 남들과 조금 다른 삶이 불행한 삶인 것만은 아니라는 사실을 깨닫게 해주고 싶다.

이 새벽, 나에게 큰 희망의 메시지를 준 박 선진 작가에게 감사하다. 다시 일어설 수 있도록 끊임없이 용기를 주는 나의 가족과 꿈 친구들이 있어 나는 오늘도 웃으며 하루를 살아간다.

엄마에게 보내는 편지

엄마.

39년을 살면서 한 번도 편지를 써 본 적이 없는 딸이 이제야 엄마에게 마음을 표현합니다. 그동안 살면서 엄마를 많이 원망하고 살았어요. 혹시 계모는 아닐까 의심한 적이 많았습니다. 어릴 적 따뜻하게 안아주고 눈 마주쳐준 엄마의 앞모습보다 바쁜 엄마의 뒷모습 기억이 많이 납니다.

그땐 몰랐습니다. 엄마가 많이 힘든 줄 몰랐습니다.

아버지 없이 어린 자식들을 키우고 장애 시어머니를 모시며 돈을 벌어야 우리가 살 수 있는지 몰랐습니다. 지금은 그때 엄마의 나이가 되어 두 아이의 엄마로 살고 있어요.

엄마가 되어보니 얼마나 힘들었을지 이해가 됩니다. 자식을 키우는 일이 이렇게 힘든 일인지 몰랐습니다. 엄마도 힘들었을 텐데 그 마음을 지금에서야 헤아려 드려서 죄송합니다. 항상 대장부처럼 강한 엄마가 이제는 다리를 절뚝거리는 할머니가 되어 걸어가는 뒷모습을 보니 마음이 많이 저립니다.

엄마가 아플 때 달려가지 못해서 죄송하고 엄마가 외롭다고 해도 옆에 있어드리지 못해서 죄송해요. 엄마가 키워준 생각보다는 나에게 빚을 지어준 생각이 커서 미움이라는 크기가 너무나 컸어요. 엄마를 떠나던 날 엄마가 눈물 흘리는 모습을 보고도 냉정하게 뒤돌아간 딸을 용서하세요.

엄마가 없었으면 좋겠다고 생각했던 철없던 딸을 용서하세요. 지난 과거는 묻어두고 이제 엄마와 좋은 추억을 만들면서 살고 싶습니다. 엄마가 있어서 얼마나 다행인지 모릅니다.

엄마가 살아계셔서 얼마나 감사한지 모릅니다.

엄마가 나의 엄마여서 얼마나 좋은지 모릅니다.

엄마 사랑합니다.

사랑하는 나의 딸 민주에게 보내는 편지

나의 보물. 나의 선물 우리 민주야.

너를 품었을 때 엄마가 많이 너를 느끼지 못해서 미안해.

지금 너와 많은 시간을 함께하라고 하나님이 엄마에게 너를 보내신 것 같아.

엄마를 철들게 하려고 너를 보내신 것 같아.

마치는 글을 너에게 편지로 마무리 지을 수 있어서 얼마나 행복한지 모른다.

마치는 글을 병원에서 이렇게 쓸 줄 누가 알았겠니.

오늘 많이 힘들었지?

"엄마, 나 주사 잘 맞으면 인형 사주세요."라고 말하고 쓰러진 너를 안고 엄마
는 많이 울었어.

이제 울지 않을게. 너는 이렇게 잘 버티고 이겨내고 있는데 엄마가 울어서
미안해.

네가 엄마의 심장을 단단하게 만들어 주었구나. 오늘 다시 한 번 엄마라는 말을 해줘서 고마워. 다시 돌아와 주어서 고마워. 엄마는 너의 병이 나을 수 있으면 좋겠지만 그렇지 않더라도 좌절하거나 절망하지 않을 거야.

엄마는 너의 미래를 걱정하지 않아. 단지 네가 얼마나 소중한 사람인지 알았으면 좋겠어. 힘들 때마다 좌절하지 않고 밝게 털고 일어날 수 있는 사람이 되길 바랄 뿐이야.

너로 인해 엄마는 진짜 엄마가 될 수 있었어.

너로 인해 엄마는 꿈을 이룰 수 있었어.

나의 딸로 태어나줘서 고마워.

아프지 말고 엄마와 항상 함께하자.

사랑한다. 우리 딸.

2017년 병원에서
강은영